身體都知道

繼《廚房》之後，吉本芭娜娜以中年的心情再度探討「家庭」主題。

吉本芭娜娜／著

陳寶蓮／譯

目錄

生命是一段療傷的過程　李昂　005

身體都知道

吉本ばなな

綠手指　011
船　022
夕陽　034
黑鳳蝶　040
田所先生　050
小魚　060
木乃伊　071

明亮的黃昏 083
真心 091
花與暴風雨 101
爸爸的味道 108
沈默之聲 122
隨緣 136
後記 156

CONTENTS

生命是一段療傷的過程

李昂

我與吉本芭娜娜，基本上，可以說是相識的。

相識的不只是作品，還有人。

最開始讀了她在一九八七年的處女作《廚房》，震驚於這個早慧女作家的創意，其時在台灣尚未見的有關食物的書寫，老實說，讓我大開眼界。

這樣的感動，在徐四金的《香水》中，我再次經歷到書寫單一的物質的極度發揮的魔力。

之後陸續讀了吉本的《甘露》、《哀愁的預感》，她小說中常現的重要主題：

家庭的組合不見得一定要有血緣關係。

創傷中易感男女相互的愛與關係。

還有：近於靈界的接觸與啓發。

我特別喜歡的是，吉本小說中一種屬於女性特有的敏銳與觸感，鋪灑在小說介於生死、靈異、時空界面的轉接中，有一種奇特的動人力量。

我常愛將這樣的寫作稱作「女性書寫」的特色之一。是啊！吉本小說中觸及的性靈與靈異，開發了一個近乎鬼、巫的另類境界，對人生的境遇、情感的動盪，別有一番細膩的訴說。

而是讀了吉本芭娜娜的小說，我才在東京見到她的。

一九九七年秋天，在日本的洪金珠取得與吉本訪問的機會。中國時報的傑出記者陳文芬，問我是否有興趣前往。

我們是在東京惠比壽的一家旅館的咖啡座見到吉本小姐的。新而時髦的東京地區，像「東京愛情故事」的場景，那種偶像劇人物出沒的地方。

只詫異於吉本芭娜娜，與她小說中輕靈哀愁的人物，如此不同。

中年女作家，個頭大而十分樸實，幾乎是脂粉未施，穿著黑色的衣服。雖沒有她小說中人物有的一雙「如夢」的眼睛，但那種親切自然不造作，更讓我喜歡。

整個吉本芭娜娜，給我一種超脫於物質之外的良好感覺。這個不外炫、回答問題簡潔，有時對問題露出「啊！怎麼沒想到」的訝異，像一個純眞的大女孩。

大概是這種「鄰家女孩」的親切，給了我勇氣。一九九九年，我的第二本日譯小說《迷園》在東京出版。我問幫我翻譯的東京大學教授藤井省三，是否可以再見到吉本，談談我們彼此。

吉本小姐答應的方式，大概十分爽快，連藤井教授都有些意外。

透過出版社與雜誌社「集英社」的安排，我們第二次見面，談文學，談夢想，在一九九九年七月號的雜誌以「自由の夢を描いて」刊出。

有趣的是，我發現那天我們都穿了三宅一生的衣服，我的衣服是黑白條紋，比較外炫。而吉本的一件長而寬鬆的黑色洋裝，自然而舒適，她笑笑拉著衣服說：

「多穿幾次就鬆了。」

很開朗高興的樣子，而昂貴的衣裝在她身上，舒服極了的感覺。

之後我看到吉本更多的翻成中文的小說，包括這本《身體都知道》，以第一人稱串起的十三個短篇，呵成一氣的評說了種種生命的際遇，某些時刻裡特別耀眼的天空、樹影、風吹，凝聚了活著的點點滴滴。

我想起了去年秋天，吉本芭娜娜與夫婿來台，在眾多人中再與她見面。當問到她小說中一再寫到療傷這個主題時，吉本以她一貫自然樸素的說：

生命像是一個療傷的過程。

中年的我，突來的體悟，竟是一陣驚心。如今再看她晚近的這本《身體都知道》，也明顯感覺到，與她較早期小說的濃烈相較，這本書有特色但顯然較平直，一種中年後的心得吧！

我們都在往前走，我們，作爲女作家，經歷著我們特殊的生命，我們，各個時期都面臨不同的傷痛，而終究，我們都走過來了。

的確，生命是一段療傷的過程！

身體都知道

綠手指

在電車裡昏昏沉沉的感覺像半做夢般。聽到站名，慌忙下車。月台上籠罩著冬天的肅殺空氣。我重新裹緊圍巾，走出收票口。

坐上計程車，告訴司機我要去的旅館。司機說不知道地方。我想到那是剛開張的小旅館，好像也沒怎麼做宣傳，於是要他讓我在差不多的地方下車。

四周盡是旱田，遠處可見緩緩起伏的山脈。我看到標示旅館的小招牌，按照指示爬上窄窄的坡路。

習慣了寒氣後，便爲清新的空氣而高興。漸漸地，眼睛感覺澈亮，稍微出點汗時，感到前面好像有熟人的氣息。

蘆薈茂密長到門前馬路而惹人困擾的話題，是在去年冬天提起的。

爸媽和我完全忘了妹妹花三百圓買來、因爲院子沒有空地而種在大門旁的蘆薈這件事。受到雜誌還是什麼說蘆薈是萬能的影響，不斷說要喝蘆薈汁或是用蘆薈貼青春痘的妹妹很快就從蘆薈熱中清醒，根本不再照顧它。雖然沒怎麼澆水，日曬也不太夠，蘆薈猶兀自成長。而且長得太過茂盛，察覺時它已長得像棵樹木，大把莖葉蔓生到馬路上，甚至開出形狀詭異的鮮紅花朵。

我清楚記得那時的情形。爸爸、妹妹和我圍著我們出生成長的家中小桌。像往常一樣，黃昏剛剛來臨。

我和妹妹小的時候，在家時都在那桌邊做各種事情。吃飯、吵架、看電視、分享合買的蛋糕。桌上有時放著裝有媽媽內衣和那天晚上要吃的小菜的百貨公司紙袋。宿醉的爸爸曾經趴在上面睡覺，中學時第一次失戀的妹妹喝了酒、醉醺醺地從椅子上滑落地板時頭也撞到它。那個小方桌是家族的象徵。生腥、含糊、融洽、溫暖的地方。妹妹最近出嫁後，桌子還在那裡，但是全家人難得相聚。倒是媽媽常在那裡邊看電視邊織東西。風景就這麼改變。

那天傍晚，爸爸說那棵蘆薈長得太茂盛，隔壁人家的車子從停車場開出來時可能很麻煩。我和妹妹嫌要移植麻煩，假裝沒聽到。爸爸說如果不移植的話，就要拔掉丟棄囉！好啊！我說，和妹妹開始翻看雜誌。

沒多久，媽媽雙手拎著附近的超市袋子回來。回來啦！我和妹妹像往常一樣，幾乎不瞧媽媽一眼地說。沒聽到回應，這才抬起頭來，發現媽媽臉色很壞。怎麼啦？妹妹問。

「奶奶以爲閃到腰，住院檢查，結果是末期子宮癌。雖然很痛，她卻硬撐著，不想再動手術。」

祖母獨自住在附近大樓的小套房裡。前天才說閃到腰了，妹妹開車幫忙送進醫院。爸媽都是獨生子女，婚後幾乎沒什麼親戚往來因而團結心強的我們家，包括爸爸每天都輪流去探望祖母。我們家人不再是談蘆薈該這樣那樣時的心情了。祖母一度出院，隨即又住院。

那天，我帶了祖母喜歡吃的銅鑼燒去，祖母舒服地睡著。聽媽媽說，祖母昨天喊肚子痛還流了淚，好可憐哦！看到她睡得安詳，我放心不少。

醫院這種地方是一進大門瞬間便覺心情惡劣、坐立不安地想快點離開，但一會兒就習慣了。而一走出院外又感到一切都太過強烈。驚訝於十字路口蜂湧而來的車輛、自以爲長命百歲的人們聲音之大以及色彩的氾濫等。到家時又都習慣了。在來來去去中，發現自己正在不可思議的地點上。想起小時候讀的歐菲爾的故事。他無法把住在死亡世界的妻子帶回陽世。因爲味道不同。生命散發的濃郁味道在那個世界裡變成難以忍受的濃烈嗆鼻味道。相反地，陽世的活人厭惡死亡的味道。一到太陽下，孱弱的人散發的死亡味道像雪一般立刻融化，但那隱隱的餘味像麝香，老遠就能聞道。活人恐懼孱弱的同胞。錯覺自己的生命即將結束。雖然雙方只要習慣了便都一樣。

我把花插進瓶子裡，祖母睜開眼說：

「家裡的盆栽都好嗎？」

我每天幫喜歡植物的祖母爲盆栽澆水。看起來都不是什麼值得一提的植物。不是盆景，也不是珍貴的植物。草珊瑚、茉莉、鐵樹、不知什麼豆的樹、含羞草、長壽花……，即使如此，每天澆水時都彷彿感覺到這些植物正瘋狂地需要祖母。這或許是都要上班的爸媽在妹妹出生前把我託給祖母照顧、無奈變成「阿嬤囡仔」的我的幻覺。祖母的死對我來說特別難以承受。那把寂寞的我摟在懷裡睡覺的祖母。那些我心頭才掠過一點小小陰影、就能比我本人更早察覺而做我最喜歡吃的炸地瓜的祖母。祖母的關愛一天天從這個世上離我而去。我的心情宛如這些被遺棄的植物。或許才這麼感覺。我一邊澆水，一邊說服自己，總是在乎你們和我甚於她自己的人只爲她自己著想的時候終於來了。

祖母說了一些些話後又睡去。每天都睡著，人的影子也突然稀薄起來。有了這種感覺，心裡愈發難過。參與人們每日周而復始生活作息的我。有著從遠處觀看這一切的奇妙心情。

習慣那種生活後的一個下午，我帶媽媽燉的東西到病房，祖母難得醒著。

「欸，我以前是討厭仙客來的。」

祖母說。

「您是常這麼說，不過，我也不太喜歡，總感覺濕濕的。」

「妳很瞭解植物哩，奶奶在想，妳適合做與植物有關的工作，別做酒店小姐了。」

祖母一直反對我置身酒館裡。儘管我一再說明我不是酒店小姐，而是爸爸經營的酒吧的酒保，但對祖母來說都一樣。

「既然奶奶這麼說，我會考慮看看。可是，怎麼想到仙客來的？」

「在那邊啊，窗邊吧！仙客來。只剩下葉子了。前一陣子花一朵朵地開，是中原桑拿來的。起先我覺得這花陰鬱，以前就不會照顧它，水一澆錯，總是軟癱癱的，那粗粗的花莖像蟲子，感覺就不討喜。但是，來這裡以後，時間多了，看它的感覺也稍微不同了。那粗莖也是爲了吸收水分。澆水後，看到那些花朵拚命伸直脖子想照到陽光的樣子，就感覺到『啊！你們都活著！』而不會無聊。有了時間就是這樣。我已經和仙客來變成朋友了，以後在那邊也有種好仙客來的自信了。」

「別說這種話！」

想到她過去討厭的東西現在都喜歡了，這以後才有去的地方，便覺難過。

祖母幾乎陷入昏迷是在春天時。雖然三天會有一天清醒，但不太說話，頂多只是呼喚家人的名字說，啊，誰誰也來啦！

那天傍晚，我握著祖母的手。冰涼的手。我凝視點滴針痕形成的淤青色。連口角乾掉發白的唾液都可愛。突然，祖母說道：

「蘆薈說，不要砍我啊！」

聲音微弱而斷續，起初不知道在說些什麼。

「蘆薈在停車場旁邊被車子壓到，好痛呢！」

「幫你們治好了青春痘和傷口，也開花了，不要砍我。」

祖母意識朦朧地像在聽別人說話、再一點一點地轉述出來。我悚然一驚。心想，不會只有我聽到這些吧？

「奶奶知道你有那種感性。植物就是那種東西。只要救過一株蘆薈，今後在任何地方看見的任何一株蘆薈都會喜歡你呦。因爲植物是心心相連的。」

祖母一口氣說完便睡了。

媽媽和妹妹隨後就來接班看護，可是我怎麼也轉述不出剛才那些話。喉嚨像堵住似地無法好好說話。那、我回去囉！走出醫院。夜色清朗，月亮出來了。每個人都表情祥和地趕路回家。車燈照亮昏暗的道路如夢中景色。我默默走進祖母的房間，一邊說著對不起、來晚了，一邊幫植物澆水。打開電燈，祖母嵌在房間裡的簡單人生浮現在日光燈的青白光線中。蓬鬆柔軟的坐墊、小水晶花瓶。筆和硯台、疊得整整齊齊的圍裙。擺設出國觀光時買回來的洋溢異國情調紀念品的玻璃櫃、眼鏡、文庫本、金色小鐘。舊紙般的祖母味道。我難過地關了燈。緊接著，玻璃窗外的植物開始呼吸。像被外面的光線鑲邊似的呈現生氣蓬勃綠色。剛才澆的水滴閃閃發光。靜坐黑暗的榻榻米上望著它們，不知怎地慢慢高興起來。感覺這正是一個人一路活過來的足跡，不悲亦不苦，說起來還幸福。彷彿覺得植物正告訴我，被悲傷混淆的眼睛看到的第一印象並非絕對的。那些只追求陽光、追求清水、追求愛而活的美麗生物。

我回家時沒走大門，而是打開院子的門鎖，到儲藏室拿出鏟子和手推車。再回到大門旁，細心地從土中挖出蘆薈。葉子連上根部相當大株，因爲沒戴手套，被刺得好痛，但總算把它移植到院子裡日曬佳的地方。在春天月亮的朦朧光線下，整株還混著移植泥土的蘆薈散發著生命力。我雖然想說它擬人化地說「謝謝你」，但是它沒有，只是一個勁兒地活著，到處紮根擴葉。我也覺得受到了激勵。

祖母死了，葬禮結束後，我繼續上班，白天到專門學校上經營花店的課。這是判斷我做花匠有點勉強後而決定的未來事業。我想開家裝飾普通家庭普通生活的花店。祖母總說買花的餘裕不在於錢而在於心。我說這是祖母的遺囑時，爸爸答應我說，將來酒館收了後店鋪就讓妳接手，到時改做花店也好。在那之前，我必須停掉店裡的工作，進修花店的知識，也必須學習各種插花裝飾技巧。突然轉業雖然艱苦，但只要有寄託，就能撐下去，一逕向前。每天孜孜不倦地去做，路自然開展。總之，我只能像做酒保時認眞學習一樣，重複踏實的每一天。即使如此，祖母最後的話語還是時時縈繞耳畔。再怎麼回頭也回不去那在家族桌邊天眞生活、想草率處置蘆薈生命的年幼可愛時的我。我希望將來死的時候，即使孤獨一人、即使是小小的房間，也要留下那樣乾淨的房間。那一夜，爲人所愛的植物欣欣生存的祖母房間一直留在我腦中。

偶有假期，妹妹因老公發燒而不能同往、只好獨自出旅的我，感覺那山裡面有著什麼。是祖母過世後的第一個冬天，感覺卻像是好幾年前的事。在冬天不太舒服的橙色斜陽猛烈照射下，我瞇著眼環視周圍。總覺得在某個溫柔視線注視下，被某種溫暖的、懷念的東西輕輕裹覆。

我期待或許能看到祖母的魂靈。就算是魂靈也好，我是那麼想見到她。但是映入我眼簾的是，民宅小小院子裡多到令人驚駭、繁茂如林的蘆薈。

蘆薈映著陽光，像是在向我訴說什麼。肉肥帶刺的葉子高高伸向冬天的天空，奇妙地開了幾朵沉重、生硬的紅花，像要傳達活著的喜悅。在蘆薈的愛情包圍中，我在陽光中感覺被溫熱了。是嗎？是這樣心連心的嗎？對我來說，蘆薈已經是無論何時何地見到都會讓我感到溫暖親切的東西了。任何一株蘆薈都當我是那晚移植的蘆薈的朋友。和我建立無異於人的緣分，就這樣，許多植物和我互相凝視。我繼承祖母那沒有根據的迷信但確實有用的能力、就是人們常說的「綠手指」。有了這個能力，植物就能在我手中完全綻放它們生命力的光彩。而所有從事這個工作的人們，也都和我心心相連。

我脫下手套，輕輕觸摸那曾經厭惡、只在被曬黑時才用到而草率對待的多刺葉子。鮮綠的顏色像寶石般閃閃生輝，葉子像絲一般柔滑清涼。我像和朋友握完手，打起精神，登上山路。

船

「我就說個記憶中唯一在意的一件事。我到公園裡，看到小船排在一起，總是感覺受不了，卻想不起是怎麼回事。」

我說。

「那種受不了的感覺是沉重還是痛苦？不論何者，都不能輕忽，說說看吧！」

「不，是既不輕鬆也不難過的感覺。能夠的話，我是很想記起並說出來。這或許只是我的揣測，感覺在微細的事情上有著重大的意義。如小時候和媽媽生生別離的事。不過，我在鄉下時大部分活動也都在公園舉行，因此很多事情都混成一團，時間順序也前後顛倒，常常想不起來。」

「好，妳閉上眼睛！調整呼吸。妳的意識雖然清楚，但在我的誘導下，妳會一點一點地回到從前！」

醫生說。

我陪同因爲求職活動累成輕微躁鬱狀態的朋友去看催眠醫生。因爲朋友每次都要我陪她，幾個月來總是在候診室等待的我也完全熟悉了這裡。朋友總是預約很晚的時間，那位中年女醫生是她母親的朋友，因此最後都是一起喝茶閒聊。我一時興起，問她催眠療法能做什麼，於是順便撿個便宜，讓醫生探索一下我心頭牽掛的事。

依序回溯年齡，來到我六歲的時候。身體好重，我的聲音悶悶的聽起來像在遠處。

「妳六歲。此刻，很在意小船是嗎？看到小船沒有？」

我閉著眼睛在半睡半醒的狀態，先想起浮在黑夜水上的小船和它搖晃發出唧軋聲的樣子。接著，在想像不到的氣勢下，我眼皮裡的幽暗中突然看見不似這世上的美麗光景。

倒映各種光亮的水面……是池塘。池邊排著小船，隨風輕搖。池裡蓮葉田田，幽暗中開著粉紅色的大花。無數、無數朵蓮花直開到對岸。空中月亮雖小而亮。蓮花清淺的粉紅之美烙在我眼中，視界顯得模糊。

「天堂一定是這樣地方。」

我牽著某人的手，她這麼說。

「是呀！媽媽。」

我回答，仰臉看她。我清楚地想起那幾已忘卻的臉龐。有著堅強意志的大眼睛、像是外國人的高挺鼻子。五顏六色的奇怪服裝、耳環……。身上總是發出甜酒的味道。

畫面隨著醫生的誘導漸漸開展，我心中扎實感到當時那心情的痛。就這樣，我想起那晚的一切。

催眠結束時我的心臟跳個不停，人呈半哭泣狀態。

我心裡想，怎麼都忘了。像是不曾發生過一般。

「謝謝你讓我想起來，眞的是非常重要的回憶。」

在相當漫長的沉默、讓朋友和醫生擔心後，我終於開口。

我家住的新興小鎭沒有什麼名勝，但有座小古城，環繞小城的公園裡有個大池塘。看到池水中倒映的城影，有不知今夕何夕的情趣。池水映著霓虹燈彩，遠處對岸是襯著月亮背景的城樓。另外，還有賣可麗餅的餐車。

記憶裡的池塘就是那座池塘。

我清楚記得新媽媽來時的情景，也常常想起來。我好喜歡她，喜歡到難過時會在心中喊她媽媽的程度。我總是想，她要是我眞正的媽媽，那該多好啊！因此夢想成眞的那一天，我記得特別清楚。我和爸爸坐在可以看到池水的長凳上等她。那是個寒冷的冬天。手塞在大衣口袋裡，一雙腿無聊地晃著，七歲的我在等待。爸爸擔心得坐立不安，還是強裝平靜。等待的時候喝著甜酒。燙燙的、白濁色、甜甜的酒。我想，很好喝似的……。天空像是快要下雪般發出厚重而鈍的光，臉好冰。

新媽媽跑著。穿著橘紅色大衣從火車站那邊大步奔跑過來。爸爸好緊張。池上沒有一艘船，水面平靜。建築物的玻璃將灰色的天空映成奇怪的顏色。鴿子飛來又飛走。

爸爸和新媽媽交換一陣問候。

然後，新媽媽握住我冰冷的手說。「這下我眞的成了小美代的媽媽囉，這回是眞的呦。」

我想，她是因爲我以前曾經哭著要她當我眞正的媽媽而困擾過才這麼說。那時，我看到新媽媽眼裡滿是淚水，也哭出來。我們兩人就在那裡哭了好長一段時間。直到我頭痛以前，淚水一直止不住地流。我記得，在那冰冷的空氣中，只有眼淚和我們緊緊相握的手是熱的。一哭，感覺風景變近了。那時，感覺鴿子、小城、池塘和船都變成我的了。連腳邊的小石頭也變得非常親近。感覺所有東西都跟我說，以後不用再ㄍ一ㄥ了。我已經到達限界了。

「在一起會幸福嗎？」

「就讓我們幸福吧！」

我甚至記得靦腆地站在旁邊假裝沒有看見新老婆和小女兒互相許下誓言的爸爸那褐色的大衣。

卻忘了在同一地點生生別離的媽媽。

我被媽媽連續挾持好幾天。

酒精中毒的媽媽被指沒有資格養育我，於是帶著我逃亡。

我清楚記得那件事。媽媽帶著我到鄉下最高級的溫泉，三天三夜喝喝吃吃洗溫泉。媽媽每晚哭著說，我給妳這樣的生活，和媽媽在一起吧！我說，即使不過這樣的生活，我也會和媽媽在一起。

旅行的最後黃昏，連日喝酒過量的媽媽洗澡時昏倒，聯絡上爸爸，很快就找到我們。我記得我在柔軟的棉被裡難過地望著聽到爸爸在電話那頭說隨時可以讓你們見面時卻只是嗯、嗯點頭的媽媽背影。媽媽鑽進我的被窩後哇哇大哭。她不停地說，我想一直和你在一起呀，一下下也不想離開，妳就像我身體的一部分，多可愛啊！媽媽的酒臭味和濕黏的髮絲雖然讓我不舒服，但是我們這樣接近、一伸手就能摸到彼此、一起洗澡、幫我擦洗身體、不久前還交換晚餐的菜，以後卻再也不能見面、不能一起生活，他們說這是家裡的決定、連一向疼我的奶奶都贊成，這一切於我都是一連串的驚訝。

最後那晚，在那公園裡，我和媽媽在那夏葉濃綠茂密的櫻樹下告別。有水的味道。有點像海的味道。

「美代，過來這邊！」

黑暗中媽媽說。

媽媽的身影浮在綠中。媽媽牽著我又抱起我，跨過幾艘繫在一起的小船，走到最靠近池塘中央的那艘。

雖然小船全繫在一起無法划開，但我們相對而坐時感覺就像滑在水面上。每當我們的重量讓小船微微搖晃時，水面波紋擴散。蓮花如夢似幻地遍開。蓮葉也像掌心伸向天空。我想就這樣在這無邊無際的蓮葉中變小而消失不見。我憎恨這傷害幼小心靈的別離風景。

夜越美麗越傷悲。

小船嘰嘎地搖晃。夏天的風靜靜舔過水面。

「媽媽一定要到喜歡的人那邊去。那個人喜歡槍。」

媽媽說。她一隻手拿著一瓶葛樂柏。那是她常喝的酒。我記得那畫著奇怪圖案的商標，長大以後才知道，媽媽總是毫不在乎地就著瓶口喝光一瓶。

「槍、手槍嗎？」

我孩子氣地想，這不行呀！

媽媽微笑。

「不是喜歡殺人啦！只是射擊。他說槍在手上時那沉甸甸的感覺讓人瞬間想到生命，他喜歡那種感覺。射擊時，一陣猛力的衝擊，就會懂得自己還有別人的生命。他不想瞬間忘記那種感覺而活。媽媽是頭一次遇到那樣認眞思索生命的人，陶醉極了。在媽媽看來，其他人究竟是生是死都搞不清楚。」

「我再也看不到媽媽了？」

「我和他一起去夏威夷，想開間可麗餅店。妳來玩啊！長大以後。隨時可以來。我免費烤好甜好甜的可麗餅給你吃。得意地告訴鄰居說妳是我的女兒。媽媽除了妳絕對不再生小孩。決定了。媽媽的孩子就只有妳一個。」

關於可麗餅，可能是因爲她看到前面畫著可麗餅的餐車而信口胡謅，但生小孩的事應該是眞心的。媽的眼睛發亮，好可怕。那時的媽媽總是眞心的。拿菜刀刺爸爸時、把說謊的我打得流鼻血時，媽媽都是同樣的眼神。

「好。」

我點頭。

我們長時間沉默地坐著船。在我憋不住要尿尿前一直沒說話。像故意虐待自己般繼續深深玩味這美麗的夜。不知爲什麼，我強烈覺得必須記住這一切不可。那時，我的眼睛一定發出和媽媽一模一樣的光。

「絕對不能忘記媽媽，可是，也絕對不要回顧過去！」

媽媽說。媽媽輪廓清晰的側臉那邊，看得見蓮花和小城。這個小鎮沒有媽媽這種人的容身之處。我知道。她在這裡會像綁在一起的小船般腐朽死去。我這麼想。

媽媽邊哭邊打電話給爸爸。公共電話在黑暗中發出幽光。哭泣的媽媽縮著背。池塘、蓮花、暗水、光亮的水面、霓虹、城影……太美了、世界太大了。我的心快要碎了。

「爸爸要來接你，哇——哇——。」

媽媽大哭，抱著我。我們耳鬢廝磨，好熱。因爲悶熱的夜，襯衫汗濕了。在水和綠交織的濃烈味道籠罩中。媽媽沒有緊緊抱住我，而是像圍個大圈圈般抱著我。手臂的樣子簡直像在抱個雞蛋。

然後，媽媽哭著頭也不回跌跌撞撞地衝向公園出口。我想追上去。可是我壓根兒不想和喜歡槍的男人去夏威夷。我想平靜的生活。事實上我和爸爸一樣，對媽媽累了。可是，我想追上去。只想拋開一切和媽媽緊緊相擁。我想叫她。我沒流淚。月色朦朧。我想，當月亮落下、到了早晨時，就全都過去了。神啊！請停住時間吧！媽媽的味道還殘留在黑暗中。還沒綻放的蓮花在黑暗中浮現花苞。就這樣靜止一切，好嗎？

來接我的爸爸揹著我，我一邊哭，一邊想著回家了。

之後，我卻怎麼也想不起來這一切經過。

因爲那整個體驗過於不安和強烈，我好一段時間無法說話而住院吃藥治療。

和朋友離開醫生家時已經是晚上了。

「想起來了是不是好事？」

忘了自身躁鬱的朋友走到住宅區時問我。半帶好奇半帶責任感的。但是，眼神很溫柔。

「嗯，和小時候分開的媽媽的一點小回憶。」

「爲什麼現在還……」

「我也不知道……」

「她是什麼樣的人？」

「很漂亮的人。」

「哦，我還以爲妳現在的媽媽是妳親生母親。」

「我們像朋友。來這裡上大學四年了，還是每天打電話聯絡，她跟爸爸吵架時就來我公寓住。」

「有這種事。」

「人不都這樣嗎？」

我說。我曾有過在大自然中像被某種溫柔事物包覆的感覺。像是輕輕抱住雞蛋的感覺。我現在知道那是什麼緣故了。想起過去以後，感覺這個世界比過去更貼近也更鮮活。

浮在黑暗水面的小船記憶、像擁抱雞蛋般溫柔擁抱我的那個女性的記憶。

夕陽

最糟的情況是在迷上潛水時。他去塞班島考執照，半年多了還沒回來。心想等他在當地養了女人後我再死心也不遲時，他叫我過去。覺得好像很好玩，就去了，然後又拖拖拉拉的留在那裡，讓我不得不辭掉當時小費不錯也已經完全熟悉的酒店兼差工作。他是有那種魔力。和他在一起時，就覺得放棄我那和照顧我的客人、溫柔的媽媽桑以及酒店小姐同事們所組成的小小的、只有我的人生也無所謂，感覺每天醺醺然。那時我對潛水並沒有興趣，但不知為什麼，仍然每天快快樂樂地感覺天空更藍、大海更遠更亮、一天又一天地擱置我自己一步步走來的人生。

在那之前他搬到北海道，之前也騎越野車，跟著書法老師住到山形縣，還在泰國當過和尚。每當他在那些地方感覺「缺了什麼」時就叫我去。去就去吧！從十六歲到現在二十五歲了，一直重複這樣的事情，如今，他成了十八般武藝樣樣通樣樣鬆的怪人，我卻成了遊手好閒的怪女人。

我總是抱著小小的夢想，最近會是他稍微安分、還沒發現新鮮事物之前的風平浪靜時期吧！夢想他或許會決定活用過去學得的技巧，定居某個地方，專精一件事情。我想，那可能有點無聊，不再到莫名其妙的地方看新的景色、也不再遇到奇怪的人。可是，我嘆口氣。

在白日夢中，他總是說「我已經累了，就決定做這個吧？」找一份固定工作，簽約住的地方，讓生活紮根。

我終於可以安心地看電視和錄影帶，和別人見面。最讓我心驚膽跳的，是他在風平浪靜時期又發現什麼新趣味的瞬間。他說婚什麼時候結都行，但光是他連職業都不定這點，我都不敢告訴鄉下的爸媽。

那時，他在我東京的公寓晃蕩一段時間，我說想用累積的里程點數去澳洲。我想他可以在那裡潛水，我可以悠哉悠哉地看海豚。

於是，他邂逅了衝浪。

抵達飯店第一天看的有線電視運動紀錄片是原因。我不喜歡他看影片時的表情。他心裡已經有什麼開始了。

爲節目中衝浪手那嚴峻人生癡迷的他，又冒出那句老話，「就是這個才讓人覺得這是人生！」又朝著他那樣樣通樣樣鬆的人生路程勇往直前，第二天就突然參加了初學者的衝浪之旅。我也跟去了，但兩天就鎩羽而歸。不過，跟團同行，交了許多朋友，也再次爲他的集中力和進步著迷。我從他那裡學到，在學習一項新事物時，持續描繪清晰的願景比花費時間學習或集中力重要。在進步遲緩時靠基礎技術輔助，在得心應手時要超越技術、發揮毅力和經驗。看著他埋頭蠻幹地重複這些、在最短的時間內接近理想是件樂事。也能看到幾個像是奇蹟的瞬間。讓我驚駭「這樣做行嗎」的瞬間。那些總是在他可能發生意外或致死的情況下展現。

像往常一樣，我很快就厭倦一切活動，只是日復一日地看海。太陽移往西邊時，空中會出現特別的景象。顏色、光的明暗、都以讓人屏息的新鮮感浸染這世界。每天看著這變化，越看越覺得其中有著無法片刻離眼的奧妙，讓我毫不厭煩地沉浸其中。

他總是回房間小睡一下，然後到附近的廉價攤子或是衝浪夥伴的房間派對裡吃點東西，再回來睡早覺。日子匆匆過去，我們花光了錢回日本，但是他很快又爲衝浪花光現有的錢，或是瘋狂地存錢去某個能衝浪的地方。

那天，我坐計程車去看朋友。我的心緒消沉，心想不再和他去澳洲了。我滿腦子這件事。這情形會一直持續下去吧！但我已經累了，索性分手吧？索性悶不吭聲地搬走吧？和很花心的人交往，或伴侶不花心但我必須妥協認命的人生，哪一項強呢？

正好在一座大神社旁遇上塞車，映照濃綠樹葉的夕陽灑滿計程車中，一切染成橘紅色。樹葉在陽光下閃亮成金色，炫亮得幾乎睜不開眼。

不知爲什麼，我好難過，想去看海。那目不暇給的每一天、和專注某件事物的人共同生活的喜悅。在大自然擁抱中，清楚知道爲什麼待在那裡、目標清晰的每一天。那種生活不知不覺間已成爲我人生的一部分，多窩心啊！

接著，那個想法突然浮現腦海。感覺是身體傳達的甚於頭腦傳達。

「我懷孕了！」

簡直像一個字一個字刻上似的浮現腦中。

「糟透了！」

我不覺脫口而出，司機問：「妳說什麼？」

「沒有，沒說什麼。」

我說。鑽出堵車路段，車子突然加速駛向市中心。景色在動，夕陽已逝，只剩遠處大樓的窗戶亮光。

月經確實沒來，更重要的是，剛才那種感覺是充滿確信的身體深處正展開什麼的感覺……，但他已經出國了，要聯絡他嗎？還是到國外再告訴他？要選哪一個呢！現在告訴他我好像懷孕了，他大概會說「爲了妳肚子裡的孩子，我更要成爲職業衝浪手。」的片面之詞吧！當然，他是欠缺了什麼。但是與之對應，我也是掛三漏四的。

證據就是此刻我漸漸高興起來。雖然沒有怪異有趣的要素，野蠻生命的氣息仍然讓我飄飄然。本能的歡喜驅使著我，我就是高興得不得了。因爲有趣，生吧！雖然不知道在哪裡生，但想生生看。也想看看我怎麼應對這事。總之，往前看吧！我心裡嘀咕著，在黃昏小鎮的疾馳計程車裡，我輕輕撫摸下腹部。

黑鳳蝶

那天，我和女友去兜風，午餐就在海邊吃便當。

停好車，沿著通往海濱的小路攀登而上。梅雨乍晴的悶暑天氣，腋下和背部都冒著汗。看著走在我前面幾步的她襯著湛藍天空背景的身影，正要想起什麼時，她說。

「啊！海！可是石頭比我想的多，好像不容易坐哩！」

我追上她，望著海邊。說是灰色其實更接近黑色的圓石子鋪滿一地，沒有人影的海在遠處飄渺無邊，海浪沖刷著長著草的嶙峋岩石。海色透藍，唰、唰地晃著小三角形的浪。無邊荒涼的景色。但是寂靜中有種緊張的情緒讓我不覺神思清明起來。這裡和空罐落地、衝浪者浪間沉浮、親子同樂的安詳海邊不同。景觀生猛、凶險。

「坐坐看吧！也沒有人，很安靜不是嗎？」

我說。

她勉爲其難地點頭，走在石礫中。我跟著她。海浪聲唰、唰地響在耳畔。

默默吃著便當，我猛然想起。

「我來過這裡。」

「騙人，怎麼現在才發現？」

她驚訝地說。長髮遮住她的臉，看不見表情。她撿起石頭扔出去。每一次都發出石頭和石頭碰撞的叩聲。她和情人分手三個月，說星期天無聊，提議今天來野餐。顯然我無法給她情人擁有的東西。我能給的只是沉默和笑。

「我有張景色相同的照片，而且仔細想想，這裡離我爸爸老家並不遠。」

「是嗎？可能哦。」

「是我還很小的時候。照片的印象也是混雜而成的，我最早的記憶可能就是這裡。」

「人生最早的記憶嗎？」

「是啊！」

「走得遠遠的，卻又繞了回來。」

她笑了。

我爸媽目前住在紐西蘭。他們去父親朋友夫妻移民的地方玩，非常中意那地方，於是投下各自的退休金，買了一棟小房子。我去玩過幾趟。雖然他們對那和自己極不搭調的美麗景色和西式生活有些不知所措，但過得滿快樂的，我覺得很好。

我中學時媽媽交了年輕男友、差點離婚。

我記得很清楚。

爸媽在樓下房間談了好長一段時間，也聽到爭吵的聲音。不知怎的，我那時迷上〈Scaborough Fair〉這首曲子，戴上耳機放大音量連續聽了好幾遍。我緊按耳朵以聽不到樓下的聲音。像唸咒似地在自己腦中唱著Parsley, Sage, Rosemary and Thyme。天微微發亮。我房間的灰色地毯看起來泛著白光。窗外是微妙的藍，看見鳥影飛過空中。

姊姊在對面的房間應該睡了。我好幾次心虛地想，再睡不著就去找姊姊說說話吧！但是一股好強的、憎恨的情緒讓我動不了。只是凍僵似地躺在棉被裡反覆聽著音樂。

直到現在，我一聽到那首曲子，就想起那藍色的空氣。諷刺的是，前些時在紐西蘭海邊的餐廳裡和爸媽一起吃飯時，餐廳正大音量地播放那首曲子。我不覺笑中帶淚。爸媽表情訝異。歲月的力量和音樂的力量瞬間引爆了我內心的感情。

突然，臉色像鬼的姊姊走近我房間……，其實姊姊的臉色只是映著窗外黎明的慘白。我拿下耳機看著姊姊。

「果然要離婚，媽會離開。」

姊姊說。

「妳在偷聽？」

我說。

「嗯，他們一直目不轉睛地盯著黑黑的桌子。」

「想不到哩！」

「吃驚吧！真的有這種事，感覺都像作夢。」

那時我們兩個的惶恐如今成了最有意思的一點。青春期中的我們看到爸媽變成男人和女人的場面時，那種靦腆顯得更深刻吧！襯著黎明時的慘白。姊姊回房後我還是睡不著。一遍又一遍地聽著音樂，腦中重複著相同的衝擊字眼。離婚。然後，想起許多快樂的事。爸媽手牽手在海邊散步、然後一家人排排站看煙火嘉年華。在海風的清涼中，看到巨大的花朵伴著驚人的聲響綻放，浮在天空中。小孩是多麼快樂啊！我羨慕回憶中的自己。

第二天醒來，不知爲什麼，不是媽媽，而是爸爸不見了。

媽媽格外地開心。還莫名其妙地說，萬一爸爸回來，大家若是在家迎接他，或許心情會好轉，你們今天就別上學了。

傍晚時又說，就在院子裡烤肉吧！姊姊說不知道媽媽在想什麼。媽媽小睡片刻後，匆匆開車出去買肉、青菜和木炭。

我和姊姊愣愣地攪拌烤肉醬，洗掉沾在烤網上的髒東西。做著做著不知怎地高興起來。是種豁出去的感覺。媽媽把音響開得好大聲，放張老唱片。瑪麗安．費絲芙（Marianne Faithfull）的聲音流到院子裡。

「媽媽小時候過著和這歌星童年時代一樣的生活呦。」

媽媽說。同時烤著牛肉和玉米。木炭的聲音啪吱啪吱響，院子暗處飄散各種味道。

我們打開爸爸珍藏的陳年葡萄酒喝。媽媽說，喝吧！或許不會回來了。

「什麼樣的生活？」我問。

「貴族似的生活呀！身邊都是古老的東西，不作家事，就只是賞賞畫、讀讀書、聽聽古典音樂，再來就是舞會。」

「外公家是富豪嗎？」

「是啊！因爲是畫商，物以類聚嘛！」

「你和爸爸是私奔的嗎？」

「是啊，一見鍾情！」

媽媽笑了。我們給各自的杯子倒酒，不停地喝，心情很好。炭火的紅看起來非常鮮豔。提燈裡的燭焰劇烈晃動。院子的土地泛白而浮起。烤肉和青菜都特別好吃。難過和寂寞一掃而空時，自由就像受到小小鼓勵般產生。

「現在的他讓妳想起那時的生活嗎？」

嬌蠻氣盛的姊姊醉醺醺地說。

「只是玩玩！不會再見面了。」

更醉的媽媽這麼說著，翻轉肉片。

「爲什麼在外面吃吃喝喝就這麼可口？」

我說。

「因爲空氣好。」

媽媽仰頭望天。媽媽蓬鬆的髮絲間處處可見白髮。在火光照耀下看起來透明發亮。

「有無聊事的時候留神一想，發現其實對方已經隱藏不安很久了。神明總會讓人好好想想的。」

媽媽說。

「你爸現在要是和朋友去銀座喝酒，我原諒他。可是，如果他是回老家吃你奶奶煮的飯，那就是有戀母情結，是得離婚了。」

媽媽的背影顯得格外堅強，在夜空的背景下，看似老舊的人偶。花色洋裝、圓潤的肩線、像焚燒死人般升起的煙。院子裡的光景有股迫力。

我們頭都好痛，第二天沒去上學。

爸爸兩星期後回來。幸好他沒有回奶奶家，而是整天和朋友邊走邊喝，過分得讓人困擾而被趕回家來。因此，離婚的事不了了之。

陽光柔和，刺刺地溫暖著我們。

我們坐在餐廳裡。我們常常開車來這裡，默默對坐。偶爾冒出一句怨言，立刻當玩笑駁回。這個時候，就會從記憶深處浮現某件有用的事情或是令人懷念而精神抖擻的事情。我們把許多東西遺落在景色之中。有時順便去洗溫泉，彼此嘀咕大老遠跑到這裡。泡泡露天溫泉、吃飯、喝啤酒、再泡溫泉，然後筋疲力盡地回到市區、睡眼惺忪地告別。第二天不知怎的就會像童年時那樣神清氣爽地醒來。

有默契的好朋友實在很少。會話一旦中斷時，身體就會逕自滲出長年沁染的彼此律動。會話便慢慢地圓融了。

記憶逐漸復甦。

景色幾乎沒變。那岸邊的岩石形狀、迸起的浪影。我和爸爸坐在這裡。媽媽和姊姊把腳泡在水裡嬉鬧著。爸爸呼叫她們吃午飯囉！那時，確實有隻鳳蝶飄然飛來，闔著漆黑的翅膀，停在我眼前。那翅膀就像一片舊蕾絲般美麗。那是我最初的記憶。

這時，眼前眞的飛來一隻鳳蝶。

我眞的嚇一跳，懷疑我的眼睛。

朋友說是鳳蝶！好漂亮、好漂亮！忘卻悲傷地笑得好美。

她此刻雖然神情憔悴、下眼眶泛著黑影，但不久又會談個新戀愛說要節食吧！使我忘記來過這裡的同樣力量讓她再度歡笑。

無法停止的時間不僅是爲了讓人惋惜，也是爲了讓人們得到一個又一個的美麗瞬間而流逝。
我想，啊！又是個小小的鼓勵！

田所先生

公司新進的員工和兼差的臨時人員差不多只要三天，最多也是一個星期左右，必定小心翼翼地問我。

「田所先生是幹什麼的呀？」

我簡單說明他是有如公司幸運符的人時，每個人都一副匪夷所思的表情，但很快就都習慣了。

田所先生每天準十點上班，六點回家。坐在位子上喝咖啡、看書，沒人接電話時接接電話，有人拜託時幫忙影印。他是個皮膚曬得黝黑光滑的老先生，大概六十五歲到七十歲之間吧！沒有太太。沒有孩子。一個人生活。

這個田所先生休假時，大家就毫無來由地心情低落，擔心得不時望向他的位子。社長在別的房間，每天也來看田所先生一次，他不在時，社長的表情簡直像運氣溜走般頹喪，立刻回社長室去。

田所先生就像以前被默許養在校園角落裡的貓。大家沒有義務、但是都會餵牠、因此總是待在那裡的貓。田所先生像是高樓大廈谷間的小小花壇。他在，讓大家稍微喜歡這個世界一點。能夠確認自己的善意。這既非好事也不是壞事。只是，作爲一個人，這是非常必要的。

我進公司時，前任社長還不時前來公司走動，指示繼承事業的兒子這個那個。精力充沛的白髮老先生，大口吸菸、大口喝咖啡，竟然也經營了十五家健康食品專門超市。他兒子現任社長是健康迷，從經銷南美洲植物到回饋原住民的計畫都有插手。現在把店鋪減成三家，公司規模比當時小，但郵購部門成長，業務在不景氣中更顯安定。我原先屬於製作會報和說明書以分送那十五家店鋪展示的部門，因爲待久了，現在自然升了官，說明書的工作當然交給網站管理部門負責。我的部下包括兼差的有三個。終究是個小公司，工作沒什麼了不起，但在這片不景氣中仍算幸運。

我大學畢業進公司時田所先生就在了。

他穿著有一點怪味的皺西裝。夏天和冬天各有一套，白襯衫不是男同事看不過去、把舊襯衫清洗後送給他的，就是女同事偶爾送他的廉價品。他個子很矮，禿頭。眼睛非常細，看不出表情。只有鬍子刮得乾乾淨淨。像妖怪似的外表有點可怕。可是看到田所先生時，很奇怪地並不會有噁心的感覺。有些人外表雖然整齊，但人們看到他時仍會覺得難過。田所先生給人的感覺正好相反。像是看山的感覺。遠遠的毫無來由地覺得乾淨。那是他的靈魂色彩吧！

我想，田所先生毫無意義的存在，或許是這家公司不能觸碰的某個祕密，也就努力假裝沒有看到般保持沉默。可是一個月後終於忍不住，去問那個當時是我直屬上司後來和我有過一段婚外情的人。

「田所先生是幹什麼的？」

他笑了笑說，妳一直沒問才有意思。

據那位上司說，現任社長小學時母親棄家而去，那時的生活眞是一團亂。前任社長很忙，不能好好照顧他。那時住在隔壁破舊公寓、腦筋有點奇怪的田所先生，眞是竭盡心力地照顧只是時常碰面關係的年幼的現任社長。即使狂暴放誕的現任社長向他需索金錢無度，甚至差點打死他，他還是以超乎對親生子女的愛來接納他。他阻止了現任社長自殺，更把所有的錢都耗在讓現任社長去旅行散心。

當現任社長爲了一點小事氣沖沖地刺殺田所先生時，因爲繳不出住院費，現任社長終於告知父親田所先生對他的深深關愛，並且從此幡然改過。前任社長決定在公司裡爲沒有工作又耗光父母遺留金錢的田所先生安插一個沒有意義的位置。於是他以健康食品顧問的名義成爲職員。屆齡退休後改爲兼差性質。雖然不來上班也行，但他每天仍準時到班。現任社長一喝醉必定說：「大家或許覺得他礙事，但請包容，他雖然沒做什麼，但是對我來說，比我老爸老媽還重要。」

我覺得了不起的是，田所先生並沒有成爲問題。沒有人眞的會說給他薪水是浪費或是主張辭掉他什麼的。在現代社會裡還有這種事情，眞是難以相信。並不是他特別受人愛戴，而是他總是融入空氣中的緣故。偶爾想到田所先生時，就會浮現黑暗中他靜靜撐著快要傾倒的牆壁的影像。公司裡的人都暗自相信。若是欺負他讓他走了，會有報應的。那是他的魔力？還是魅力？我不知道。我只知道，大家眞的這麼相信。因爲我也這麼認爲。

公司裡曾流行製作田所先生的布偶當作護身符帶在身邊，若是有人開玩笑說萬一田所先生死了怎麼辦時，必定有人憤怒，有人掉淚。眞是個奇特的存在。

一個雨天的下午，我送茶給田所先生。

透過他那瘦削的肩膀，看到雨水漫流的玻璃窗和對面大樓迷濛的窗內燈光。

「請用茶！田所先生，沒有精神哩！有煩惱嗎？感冒了？我去倉庫幫您拿點感冒糖漿來吧？」

看見平常總是笑嘻嘻招手等我端茶走近的田所先生今天一直舔著棒棒糖看著窗外，

我說。

「沒有，不是感冒。只是擔心。洗衣機後面養著一個什麼東西，下雨了，不知道他寂寞不？」他回答。

我一頭霧水。

「什麼養著什麼啊？」

「像小浩一樣，也像我死去的母親。感覺像神明似的，或許是座敷童（日本東北地方相傳住在民宅裡的家神，紅臉長髮，形如小孩）。一不高興就撼動洗衣機，靠喝漏水維生。他一直在我家裡，我睡著時就偷偷跑到房間裡。」

順便提一下，小浩就是我們的現任社長。

「因此我不能用洗衣機，要洗衣服時就用手洗，萬一嚇到他就糟了。」

「他在的話您就不寂寞了？」

我說，帶著微笑。

「是啊，小浩都已經長大也娶老婆了。」

田所先生說完，又看著窗外。

我覺得好難過，跑進廁所哭了一會兒。即使外遇難過時也不曾在公司哭過。

大家都對田所先生那麼親切，他因此得以卑微生存的這個世界令人高興。我慶幸自己還保存著那樣可愛的眼淚。然而，想到他的人生，還是難過。和社會沒有交集、沒有熱戀、沒有不倫處理性欲、沒有兒孫。和洗衣機後面的某個東西悄悄生活的他。

在這裡，沒有人對他頤指氣使，總是眼神親切地說請您幫忙。

我以前做兼差業務的公司裡，下午最忙的時刻，在衆人不是默默面對電腦、就是打電話或接待來賓的安靜緊張時間中，突然響起一聲尖叫。因爲太意外，起初還不知道發生了什麼事。大辦公室中央那一區的一個女職員站起來嘶吼。「你們怎麼了！不是我的錯啊！我受不了啦！」她以奇怪的聲調反覆嘶喊，邊哭邊扯頭髮。大家愣住了，感覺那段時間好長。我茫然地看著旁邊的人摟著她去休息室。無緣無故地被逼到絕境，是這世上經常遭到的痛苦。

現在的這家公司裡偶爾有人遷怒田所先生。說什麼光是在那裡就覺得礙眼！我們又不是爲了養你才工作！要不就只不給田所先生泡茶，他影印失敗時痛罵他幾句。但是太過分時總會有人仗義執言，「別遷怒田所先生！」

田所先生什麼也不說。但那些人可能是因爲發洩過了，第二天或著再隔一天，就會痛切反省，帶花來裝飾他的桌子，或向他道歉。田所先生只是茫然地看著遠處道謝。沒有特意笑著安慰，也不道歉。不過，日常又因此恢復。

我認爲現實不是如此單純，但是看了這樣的風景，又覺得人是單純的東西。只要有個處理心中暗影的地方，就不會陷入在安靜大廳裡歇斯底里喊叫的窘境。

從前，在人類還在吃長毛象肉的時候，男人和女人竭盡全力地爭鬥、女人生產許多孩子的時候，風景可以看得好遠好遠的時候……是什麼時候呢？又是多久以前呢？但在那個時候，村子裡一定存在著田所先生這種人。

「今天也下雨了，田所先生。養的東西寂寞嗎？」

我端茶去時這麼搭訕。

「那個啊！搞清楚了，是紫水晶。」

田所先生爽快地說。嘴角沾著別人剛才送來的出差禮物「萩之月」蛋糕上的奶油。

「？」

「祖母以前給我留做紀念的石頭。我以爲不見了，原來回到那裡。難怪夜裡漆黑的房間裡會看到紫色。像火焰一樣發光。電視上一個了不起的老師說石頭是活的，沒錯。」

田所先生說。

「眞的有哦！」

「嗯，因爲我有感覺，它要不在的話，我會寂寞吧！」

「沒問題啦！它住得舒服，會待在那裡啦！」

我適度地敷衍後，回到工作。

田所先生喝著茶看著窗外。雨水流過窗玻璃。沖洗著地面的柏油路。遠處的雲層泛著白光，偶爾聽到微微的雷聲。灰色一氣的世界。這棟建築物整潔而不潮濕，相當明亮舒適。無人一顧的某個人的偉大人生正在這裡靜靜的生息。就像他洗衣機後面的什麼東西，無聲而親切地。

之後，要去拿影印時突然想到，順便拿起手邊女性雜誌的「療治石特輯」過去。把自己的事情丟開一邊，換過影印紙，用美麗的彩色幫田所先生印下「紫水晶」那一項。

一手拿著影印紙，在紙味籠罩的影印室裡一邊聽著雨打窗戶聲音一邊工作的我，在那微溫的雨天午後，感到我的心是多麼的豐盈滿足。

小魚

高中時胸口長出小水泡。被衣服磨破出血後腫得好大。水泡顏色像血，但不痛不癢，我以爲是癌，趕緊上醫院。

醫生說是粉瘤。是一種纖維或脂肪塊。割掉後還會長出一樣的，還可能更大，因此塗塗藥貼三年的膠布就好。

三年？別開玩笑，我停止治療。

皮膚因季節而呈脆弱狀態時、穿較緊的內衣時、毛衣的毛線摩擦到時，那個粉瘤都會紅腫，或癢或痛。可是，我覺得沒什麼大不了的，也就一直放著不管。它也變成身體的一部分。低頭看時總是在胸部的正中央。仔細看時還是條小魚的形狀。

某個冬天。洗完溫泉回來，毫無來由地覺得皮膚好癢，那部分周圍紅腫。我想，終於來了嗎？

爸爸身上也有同樣的粉瘤。十年前那部分化膿而去醫院。我好幾次聽他說割除時有多麼痛。說是過去疼痛經驗中的最厲害的一種。我想，趁著它還不嚴重時去醫院看看，如果醫生說要割掉，我就說用藥壓住吧！順便問問可不可以用雷射除掉？

我選了一家星期天也營業、距家較近、也做雷射治療的醫院，先打電話去問。心想如果皺紋和青春痘痕都能除掉，斑痕瘤大概也能除掉，或許這個粉瘤一樣可以除掉。那個粉瘤一直掛在心上。光是想到它一旦化膿時必須割掉，而且治療時的超痛，就讓我心緒沉重。

接電話的小姐聲音甜美，說因爲預約已滿，願意等候的話就請直接過來。我沒什麼特別打算地坐上計程車。雨淅瀝淅瀝地下著。陰霾、溫暖、風大的午後。街上的人看來都在愉快地享受假日。

那家醫院有個十分乾淨寬敞的候診室。上過雜誌的醫生忙碌地走來走去。護士各自手腳俐落地工作。我心想：「今天只要問問和拿點消炎劑就好……」。等候時間比我預期的短，就被叫進診療室，醫生細心說明我的粉瘤狀態。跟上次那家醫院一樣，說很多不懂的，如果隨便把它割掉以後可能又會長出更大的來。

「能夠的話我想用雷射除掉。」我說。

醫生聽後就很詳細地說明價錢和雷射情形，然後乾脆地說：「總共要做四次，今天就能開始呦。」

我那時什麼也沒想。

覺得再來一次很麻煩，於是說：「就今天開始吧！」

在診療室等候時，不知道爲什麼有點心不在焉。大概是覺得麻醉和雷射很可怕的模糊理由吧！簽同意書時也莫名地心浮氣動。

治療很快就結束。

打麻醉時好痛，但和爸爸說的擠膿時的痛比起來，不算什麼。布簾隔壁那床病人像是在去除皺紋。我戴上眼罩以避開雷射光，雷射打在我胸部正中央。像針刺的感覺，並不痛。

預約好下次治療時間，付過錢，走到街上。

街上不知什麼時候成了雨後的黃昏。我到藥店去買消毒藥，我有意保持平靜，但還是有些心神不寧。把要買的傘掛在手肘上走到收銀機處，只付了消毒藥的錢，走到店外才發現糊裡糊塗順手牽羊了。我若無其事地就讓傘掛在手肘上。心想在無意識下當扒手反而得心應手，我想坐坐，走進咖啡廳。古老的咖啡廳。爲什麼在星期天的咖啡廳裡和一群人坐在一起就覺得心情陰鬱呢？人群總是喋喋不休地談著連當事人都無所謂的事。不想聽卻又聽進耳裡，心情越發沉鬱。感覺說出來的話語污染了心無所思。我喝著熱咖啡後，總算知道自己非常心神不寧。

出到店外，天色已黑。商店點亮華麗的燈彩，吸引行人。我仰望天空，總有一股悲哀的感覺。各式各樣的商店林立，忙著搶購折扣品的人潮、露天咖啡座喝茶的人、買了蛋糕邊走邊吃的人、獨自走進拉麵店的人，我望著形形色色的人一步步走著。含著水分微溫的風捲起我的髮絲。天空是青藍色。這種莫名的難過心情是怎麼回事？像和某個人分手般。

回到租居，喝著醫生囑咐不能喝的啤酒，打電話回家。

姊姊接的電話，我告訴她今天發生的事和麻醉很痛。

「好像少了什麼似的，不是說要留下魚的形狀嗎？」

姊姊不相干地說著，但某個東西在我心中一亮。姊姊點中了核心。

之後，媽媽來接電話。

「剛才做了夢。夢見你，醒來後流淚了。」

「什麼嘛？不吉利！」我說。

媽媽繼續說：「也不完全不吉利，只是真的有這回事。在海邊，我們一家四口。豎起遮陽傘又租了幾張帆布躺椅，你兩歲左右，睡得好熟。睡在椅子上被海水打濕了，還是睡得好熟。」

什麼嘛！聽這話時我清楚想起自己那小小身體濕透了、媽媽的泳裝也濕淋淋的、因睡時身體發熱而感覺不舒服卻無可奈何的感覺。

「難過嗎？媽媽。」

「有點吧！」

爸爸已老得走不動，媽媽也不再游泳了。一切都成了懷念的往事。是因為這樣嗎？我為做了那夢的媽媽難過。

胸口的紗布下面還鼓鼓的，總覺得癢。因為癢，又意識到那個地方。一陣愕然。那條魚已經不在了嗎？不論悲傷歡喜時都在那裡成為我身體一部分的……感覺是那麼好。我的外表確實有部分改變了。

我認為總有一天要割掉、改變一下也好才做了這個選擇，結果還如此愕然，那些整形的人又是怎樣的心情呢？永遠見不到原來的自己了。隆乳呢？再小的乳房也看習慣了，改變自己的細胞所形成的自己身體是怎麼回事？我不是否定整形。只是沒想過整形是怎麼回事。

情人終於來了，告訴他今天的事。

「是嗎？已經沒了……總覺得少了什麼。」

我急切地告訴他這件意外的事之後，他幽幽地說。

這麼說來，以前在交往過的每一個情人面前脫衣服時我都會特別聲明。這裡有個小魚形狀的粉瘤。沒有人在意。也沒有人說割掉較好。他們一定是比我自己還將那個魚形當成是我的一部分。和某人分手後洗澡時哭泣之時，那魚形確實映入我的眼簾。覺得這裡面有我自己的一部分。

悠閒如常的晚餐時間到來，我們邊看電視邊吃晚飯。鍋貼、啤酒、美乃滋拌根菜。儘管一切如常，我總覺得心緒低落。麻醉退了，傷口隱隱刺痛，吃了醫院拿的止痛藥，睡意好重，沉沉地睡在沙發上。

猛然驚醒時，過了一個小時。

已經不在了！我想著。

我想，如果時光重新回到今天早上，我大概還是一樣決定除掉粉瘤吧！即使如此，我還是毫無來由地想再看看、摸摸那魚的形狀。

像思念一個人的心情。拆掉胸部的紗布，那裡已經沒有魚的形狀。我變了。這感覺不誇張。像不得已和某個重要東西分離時的心情……例如，和旅行時遇到的人莫名地投緣，不管是男是女，很快就成爲朋友。就是那種雖然無法成爲情人或密友，但是彼此非常契合的人；或是那種彼此住的地方距離非常遙遠，如果不是偶然相遇，這一輩子都不會見面的人。在邂逅之後，因爲目的地相同，一個星期一起行動，吃飯遊覽住同一家飯店來去彼此的房間嬉笑、嘔氣，因爲下個目的地不同，某天早上便要分手。也不是特別喜歡那個人，只是覺得還會再相見，一起吃最後的早餐。這時候兩人之間籠罩著莫名的落寞。交換住址電話，送到車站，揮手告別。

獨自走出車站時猛然發現。自己被落寞打敗了。大概不會再在同樣的地方相見，也不會再一起出遊了。即使再見面，昨天以前那一起笑翻了的旅伴也不會回來了。雖然剛才還在那裡，但再也不會見面了。

那時我才明白，所有旅行的回憶都帶著珍貴的光彩，以及時間之流的殘酷和無常。對方此刻也被落寞打敗了吧！那一刻他是比任何情人、密友和親戚都教人渴望相見的存在。但在幾個小時後就彼此淡忘，又開始新的明天。這是最最落寞的。

夜裡電話鈴響，打開電話答錄機，驚人音量的訊息進進出出。新宿二丁目酒吧的男媽媽桑粗聲粗氣地在答錄機裡喊著。

「已經睡啦？是我！給我電話！是我。起來啦！聽到的話火速！打電話來啊！」

想了一下，撥回電話過去，果然，我的兩個女性朋友在他那裡喝得爛醉。男媽媽桑和那兩個人輪流對著話筒胡言醉語……，我辭職啦！我決定的貨作廢了！我想去洗溫泉、穿什麼樣的短褲呀！他們沒叫我去一起廝混還眞奇怪。他們一起吼著，有空才打的！那樣粗俗的腔調，有驅散寂寞之勢。那時的我覺得那些興高采烈的人的粗俗聲音有如天使低語般清新溫柔。

最後講電話的朋友是直覺感很強的女人。我才說：

「去溫泉得這個月後半不可，你大概看過的，我胸口的粉瘤正在作雷射切除，三天不能洗澡。」

她就回答：「等等、感覺失去什麼沒有？」

「也沒什麼……只是生理上失去了胸前的粉瘤。」我說。

「哦，是嗎？我聽起來好像是和什麼人說再見的感覺，那種非常落寞像是什麼改變了的感覺。」她說。

好敏銳啊！我想。這時電話後面有大聲喧鬧的合唱，她叫著「吵死啦！」其他兩個又輪流接說電話，「太晚了眞抱歉……，但，再談兩個鐘頭可以嗎？」之類的玩笑重複三次後掛掉電話。

安靜的深夜裡，我的落寞感消失了一些。即使在晚上，和喜歡採取想打電話就打、想和誰說話就說這種表裡如一溝通方式的人說話，要比在白天和不知道人家特別不想開口卻鄭重其事說上五分鐘電話的人交談要來得輕鬆。

我對那些聒噪天使抱著感謝之念。好像是上帝看到被落寞擊倒，又爲那事情受到衝擊的我所做的安排。

以後即使看到那變平的胸肌，心口也不會痛了。再也看不到魚的風貌了。會覺得變乾淨了也不用擔心了吧！只是今晚特別落寞，曾是生命旅伴的魚已經不在了，雖然今天早上還在一起的，卻再也看不到了。牠一定是個好孩子。謝謝你過去陪伴我，突然用雷射燒你，對不起，但，再見囉！我心裡想著，鑽進情人已沉沉睡去的溫暖床上。

木乃伊

十八、九歲的女孩大抵都是狂妄驕縱的，有意把整個世界塞進自己的小小腦袋裡，我當然也不例外。而且，常會莫名其妙地心慌意亂焦躁不安。大概是荷爾蒙的問題吧！但是，荷爾蒙的失調也會促生異常敏銳的感性。就像彩虹掛在天邊的極短暫輝煌時刻。可是，難得有人能夠嗅出那股氣息。

才到六月，就讀藥學系的我已對大學感到無聊。心情萎頓的那個傍晚，從學校返家途中，經過公園時，發現淡淡懸在高空的燦爛彩虹。猛然感覺，或許暫時不能這樣仰望天空了。

預感成眞。就在那天，我被在公園遇到的住在附近的青年帶去軟禁，有一陣子回不了家。

我只知道這個叫做田島的青年是研究生，一年有一半的時間到埃及打工幫忙挖掘古跡。是個皮膚曬得很黑、戴著眼鏡的文雅男子，頗受歡迎的家庭教師哥哥型青年。我以前就想過，好喜歡他的眼睛！在路上遇見時必定寒暄一下。

「晚安！」

我天眞地叫他，輕輕點個頭。他笑了一下，說正在寫論文，爲了轉換情緒，出來走走。

「上個月這裡發生殺人案哦！」

他說。

「太危險了，最好不要一個人走，我送妳吧？」

我心裡想，你不危險的保證又在哪裡呢？但是沒說出來。

「兇手還沒抓到嗎？」

我問。

「嗯，警方也到我們學校打聽過。因爲我們常常半夜三更還在研究室裡。聽說他有肢解人體的工具。」

他說。

「肢解？死掉的人嗎？」

「好像是，只有腦袋沒找到。」

「腦袋……」

其實，我已經預知有關之後要發生的事情的所有訊息。那時，我眞的在雙手交叉在腦後的他的眼裡看到我數小時後的命運。

但是，在天色漸黑的公園裡拿殺人兇手和認識的人作一簡單的比較時，在害怕可能躲在暗處的兇手瞬間，我做了理性的判斷。我選擇他，和他並肩而行。人沒有發情期，能一年到頭瞬間產生情慾的，不外乎「著魔」這一個理由。我大概在那眼光中嗅出吸引自己的某種氣味吧！如果我是野生動物，早就逃之夭夭了。因爲看出生命的危險。但只是遲鈍雌性人類的我正在發情。雖然逃脫的機會就只那一瞬間。

但是遲了。那時，我們已在幽暗樹影中走向更黑暗的兩人世界的途中。

到我家附近時他突然說。

「我想我們必須就這樣告別了。」

眼神眞切。我說。

「還要約定見面嗎？」

他完全不是我喜歡的類型。完全話不投機，嗜好也不同。只是並肩而行時有種被什麼東西擁抱的感覺……就只這樣。完全想像不出兩個人在火車站前某個咖啡廳約會的光景，我覺得很蠢，正要離開。

「等等，有樣東西想給你看！」

他這麼說，在無人的黃昏小巷裡摟著我。像是舊毛衣的乾燥味道。我想，如果不跟他走，遲早也會被他跟蹤殺掉，但這遲早還是太久，索性早點解決吧！不，或許我只是單純地想跟他走。那時，我是那麼迫切地想和他觸摸彼此身體的一部分。熱情傳遍全身。那熱情是過去不曾感受過的難過的熱，不知什麼東西觸動了我的靈魂。

他的房間像倉庫一樣寬敞，實際上就是房東家倉庫改裝成的房間。天花板很高，有個梯子接到閣樓。我孤零零地坐在房間中央。他去泡咖啡。我凝視熱氣把窗戶弄濛了。房間裡許多有點恐怖的擺設。像是埃及古墓裡出土的東西……。壺甕、鏃、鱷魚頭石像、陶器碎片之類的東西。

「想讓我看的東西呢？」

我說。我心裡想，反正彼此都只想著要做愛，眞是無聊的問題。

「等一下再看。」

他像看穿我內心似的把我推倒在榻榻米上。

我對他的體型、做愛時的表情、從錄影帶學來的持久技巧等沒有一樣喜歡。他的慾望從插入或其他方面，看來都不太有要讓我快樂的想法。因爲太持久，我好幾次達到高潮，那不是一般性愛的舒暢，而是某種扭曲的歡愉。但怎麼說還是不錯。

他那特別細的手臂、突出的脊椎骨、濃密的毛髮、摘掉眼鏡後的長睫毛、曬得黝黑的皮膚，說討厭也覺得還好。自始至終不說話這一點也吸引我。

那有點像小時候去海邊躺在沙灘上的感覺。軟沙帶水在身體下面晃盪。就是那種感觸讓人舒服得心盪神馳、但是沙子漸漸滲進泳裝、明知等一下不好清理仍無所謂地躺在水邊時的心情。雖然一度討厭過身子泡在水裡，然而一旦被那柔軟的沙子力量俘虜後，就只想久久待在那裡。

第一次結束後，我們光著身體爬上閣樓。我也沒和爸媽聯絡，整個晚上隨他歡喜。

我從小就有自己的戀愛基準，依此決定是否允許對方隨心所欲地對待我。答案若是否定，不論感情再怎麼好，就只能是朋友。過去，我也蓄意地只和答案是肯定的人戀愛。我從沒想過這種無關允許與否，只爲性愛而存在的關係。我想，這世上終究還有許多新事物啊！我們沒有說話，也沒有溫存，就是一個勁兒地繼續。我只問了一句。「最後一次做愛是什麼時候？」好奇他的持久力而問。「高中時，只做過一次。」他回答。是這樣嗎！我能理解。

想知道時間，但他把錶藏起來了，窗戶也掛上可讓房間充當暗室使用的黑色厚重窗簾。一覺醒來，我已覺得無所謂了，只是拚命喝水。當然，上廁所也沒有隱私。是在被限制的情況下漏出來而已。在親姊妹面前都做不出來的事在幾乎完全陌生的人面前坦然做出，性愛實在是不可思議。隨著時間經過，有著像是一直這樣生活的錯覺。

「說有東西給妳看不是騙妳！」

在我大概第十二次說必須在我爸媽報警前打電話回去不可時，他突然說，從資料擺得整整齊齊的架子裡面拿出一個細長盒子。打開盒蓋，裡面有個乾巴巴的小貓木乃伊。

「哇！自己做的？」

我說。

他點點頭。我大驚失色，因爲他半開玩笑地繼續說著。

「我眞的很疼這隻貓，活了十八年。於是，我取出牠的內臟，塞入味道很好的藥草，做成像埃及的木乃伊一樣。製做方法很繁複，我就省略不提，反正需要相當的耐性和勇氣。事實上也是我有能否獨自做成木乃伊的好奇心，但光靠那個是無法完成那樣可怕的事情的。」

「作業很艱難吧！」

「眞的很艱難。你或許以爲我是高高興興地做，其實眞的是很寂寞、悲哀、艱難的作業。我不願回想。雖然貓不是我殺的，但總有宛如自己親手殺死般的沉重回憶。」

「也許吧！」

「可是，我就是想留下來，牠的身形。」

「別人要是懂得技術，也會想這麼做吧！這心情和做標本、織毛衣的人沒什麼不同吧？」我說。

隔一會兒，他說：

「我知道我們不會再見面了，再陪我一天好嗎？妳可以打電話回家。」

「不行哪！」我說。

他用乾淨的布輕輕包好木乃伊貓放在那裡。看到他的溫柔、他的人格，感覺他不會再像剛才那樣變成野獸。情這個不純物霎時湧上心頭。

雖然常常惹爸媽生氣，但我從小就是這樣一副冷臉。例如，到百貨公司，看到不會接待顧客也不細心只一個勁兒推銷貨品的差勁店員使媽媽打消買東西的念頭時就說「那店員比蟲子還差勁」，因而被臭罵一頓。說我瞧不起人家，但我自己絲毫沒有足以瞧不起人的優點。只是當時真的認爲那店員就是那樣。像隻搞不清楚目的、在盒子裡亂竄的蟲子。這時也一樣，是種率直的感覺。我對無意交往的人溫柔不起來，想要離開。

「我要打電話回家。」

我從自己的皮包要拿出行動電話時他一把搶過去，踩在腳下。

「你幹什麼？」

我說著站起來走向門口，他衝過來把我推倒，又想侵犯我。我受不了，抓住旁邊一個細長的塑像往他臉上砸過去。泥土塑像啪的斷裂，他滿臉是血。

看到他這樣，長眠我身體裡的所有愛情概念全都到達沸點。過去愛過的人、今後要愛的人，和這些人靈犀不通的思念、無聊和難過等一切一切，都在那一瞬間溢滿我的身心。

「對不起，怎麼會這樣！」

我的眼中流出淚來，雙手抱緊他。

「沒關係，是我不好。」

他說。

我幫他消毒傷口後，打電話給爸媽，說想去一個地方旅行兩三天就掛掉電話。然後，在更接近戀愛一步的狀態下又鑽進他閣樓的被窩裡。

我們緊緊相擁，小心地不觸碰到傷口。

儘管如此，告別的時刻已然接近。彼此都知道。

半夜醒來時，他正坐在外面照進來的微弱街燈光線下。凝視我裸露的肚皮。盯著不動。像透視到內臟般。我想。他是想把我做成木乃伊……奇怪的是，我不怕。又沉沉睡去。

再度醒來時聽到下大雨的聲音。我說雨一停就要回去，他答應了。臉上傷口的血跡已完全硬化。我們在雷聲大作中度過最後的時間。

我不願去想爸媽是多麼生氣。他如果眞是殺人犯，這就成了很有意思的結局，可惜不是那麼回事，眞正的兇手不久就被抓到。變態的歐吉桑殺了情婦後肢解屍體。

從那以後，我沒有再在路上遇到田島。傳說他在外國得了瘧疾，回國後變成躁鬱症而進進出出醫院。我大學畢業，成了藥劑師，離開小鎭。

又過了幾年，他以一本以埃及爲背景的推理小說踏上文壇，稍微有點名氣，偶爾上上雜誌。我也認爲這是更好的結局。聰明、喜歡考古學又具備異常的感性，若是做普通的職業，我看也不會有什麼出息，我又抱著這惹爸媽生氣的傲慢意見。

他結婚了，雜誌上也登出他太太的照片。從服裝上看出他太太的身材酷似我時，我內心深處隱隱作痛。

我談普通的戀愛，和情人約會、說話、打扮得漂漂亮亮見面、做愛。不會再有夜路上遇見某個人而情慾攻心的事情了吧！那是年輕時異常擴大的感性將幻想化爲現實的瞬間。事情往往由許多角度構成。如果撤除所有角度只凝視一個世界，則什麼事情都可能發生。在那個黃昏，我們偶然相遇，他以完全相同的力道反應我的異樣內面世界，發生某種化學變化，讓我們同時跳進和現實相反的座標裡。彼此都受到讓人不知所措的強烈力道作用吧！

我常常想。現在這種包含各式各樣事情的生活是絕對正確幸福的嗎？

那一夜，在棉被裡張著眼睛做愛時聽到的雷聲之美。我很可能無法完好無缺地走出那個世界。

想像一下。像那隻貓被做成木乃伊而存在另一空間的我。又如，被我那透不過氣的愛情摧毀、腦袋碎裂而死的他。

我怎麼也不覺得那是多麼壞的事。

明亮的黃昏

聽到童年好友突然住院，趁著工作空檔趕去醫院。大病房裡，她周圍的病床都是上了年歲的老人。她高喨的聲音雖小，但很引人注意。她坐在最裡面的小床上和探病訪客說話。我一露臉，在座的訪客即告辭，我看到十多年不見的她穿睡衣的模樣。感到莫名懷念。完全沒變的淺色頭髮、瞳孔顏色、纖細身體、看似要斷的細細手腕、小小的肩膀。我們顧忌著旁人，悄聲說話。

「醫生說不割下來看看也不知道是良性還是惡性的。」她說。

「眞是氣人！起先說九十%是惡性的，連手術日期都定了，做了磁核共振造影後，又說可能是良性的，眞是個烏龍醫生。」

她的沒有改變讓我暗受感動。這的確是讓人頭痛欲裂的煩惱，對於人生啦生啦死啦她一定想了許多。可是這個疾病完全沒有能力改變她。她一直工作到住院前夕，也沒特意告知身邊的人。她當然也像許多人一樣，有過「我尤其不該發生這種事情」之類的想法，但似乎完全不想讓這種想法改變她的日常。發現疾病後，嫌到遠地的醫院麻煩，就住進附近的醫院，等動了手術治好後立刻回去上班，現在雖然有點麻煩但也沒辦法。她給人的感覺就是這樣。

即使不刻意美化她的瀟脫，也會讓人感受到那種淡然而專心過自己生活的人的厲害。總之，在充滿病人鼾聲、物品聲音和味道的午後病房裡，她一點也不認輸，也不頹喪。挺著下巴，有點不滿自己的境遇。「這裡的伙食難吃死了！今早還眞端出給貓吃的飯來！腥死了，根本吃不下。」

她完全不在意許多護士在場，大聲地說著，穿過走廊送我到電梯口。電梯門關閉瞬間，看見笑著揮手的她的睡衣花色。

我們常常獲得別人幫助。也有求助他人的時候。如果沒有任何意圖、也不提往後人生中和那個人的關係、只純粹地想到「想請誰幫助且眞的得助」時，我總是想起她。

我不知道甚至不記得爲什麼攬進那種事態。中學時，不知是按照座位順序還是姓名順序，我被選爲完全不知要做什麼的幹部，還必須和別班完全不認識的人合作編寫完全不懂的資料。我嫌麻煩，三次開會不到，就受到那些討厭的夥伴排斥，什麼說明都沒有，就讓我必須一個人完成完全不懂的最麻煩部分。

當我覺得不好意思，心想至少該去露一下臉而輕鬆地去那教室找他們時，把那工作強推給我的他們那充滿憎恨的態度完全震攝了我。能夠那樣憎恨陌生的人，挺令人羨慕的。或許戰爭就是在這種許多人決定「發起憎恨」什麼或某人，將睡在自己體內的憎恨力量全部灌注其中，形成對所做之事狂迷的奇怪狀態下發生的……。雖然無憂無慮處在青春期的我這樣解釋，但心靈還是受到傷害。

他們說完「那就請多多關照囉」，留下我一個人，不懷好意地走出教室，看著他們留下的資料、尺啦筆啦，我還完全搞不清楚究竟怎麼回事。我到教職員室去問指導這項活動的老師該做什麼。那傢伙是打學生時故意按照成績順序打的渾球。他整整花了二十五分鐘的時間就說些「請假是你不對，你自己想過沒有」之類的話。叫我做不想做的事，我想做的事不讓我做，我雖然只是中學生，但再也受不了爲一點小事就遭逢這種待遇的社會，懊惱或是委屈的淚水奪眶而出。看到我流淚，老師才傲慢地教我該怎麼開始。我認爲，主張處罰偷懶行爲的人、確實偷懶的幼稚孩童，以及看到孩童偷懶也加入處罰行列的大人都是敗類。我拚命吞回「既然知道就早說嘛！我也很忙哩！」這句話，勉強沒有留下我在教職員室發飆的壞女孩紀錄。心想萬一再待久一點就完了。憤怒讓我感覺沒有希望外，更受到一層傷害。

問完該做的事，我獨自回到教室。沒有人在，燈光熾亮。本來該五、六個人做的事情變成一個人做，而且由無心要做的我來動手，當然沒有進展。

我在斜陽亮晃晃照進的教室裡，益發覺得悲哀，不情願地動著手。畫線、做圖表，感覺眞像傻瓜。

那時，教室的門突然推開，她走進來。

「怎麼來啦？」

我的聲音帶淚，與其說是朋友突然來臨的喜悅，不如說是看到許久不見的美好事物的直接感動。

沒有嘲諷的歪斜嘴角，不被對自由人生的嫉妒玷污的姿態。那時大步走進教室的她眞的很美。顯得制服寬大的纖細身體的俐落動作、像棍子似的細嫩手臂、正直的褐色瞳孔，都美得讓人屏息。

「我在圖書館查東西，心想你可能還在。」

她聲音高喨清脆地說。

「怎麼一個人在做？」

我想要說明，不覺淚眼汪汪。

「我幫你吧！」

她說完，立刻動手。

如果我是她，大概會追問怎麼了而搞得對方哭出來吧！可能還會和對方一起生氣一起哭，讓對方感覺更委屈淒慘吧！可是她什麼也不問，只是開始動手。

現在想起來，那時的情形和她知道自己生病時的果斷完全相同。不做超出必要的事，但也不逃避，不以各式各樣的花招來搪塞。我想用一句話來表現她的秉性，包括她的堅強與脆弱。她是個高尚的人。

默默把尺墊在白紙上畫線的她那褐髮在斜陽下變成金色。那纖細的手指也染成橘色。在照進來的光線下，教室裡簡直像中午一樣明亮暖和。

天黑時在回家的路上，我好幾次跟她說謝。她好幾次故作生氣地笑著說，「別再嘮叨啦！我什麼也沒做嘛！」

探病回家的路上，偶然遇到另一個童年朋友。我說我去看她，朋友說「我昨天才去看過她」。

從我五歲到上高中搬家以前，這個朋友一直住在我家隔壁。現在結婚了，生了小孩，偶爾回娘家看看。現在好像又要生了，大腹便便的。

我送你！我說，兩個人慢慢走在嚴冬的黃昏路上。和五歲時的同伴走在五歲時住過的狹窄巷道裡，是很奇怪的感覺。而且，朋友肚子裡還孕育著即將來到這個世界的零歲的小生命。

走在小時候走過的巷道，牆壁看起來矮了，路也更小更窄，就像走在迷你街道上。天空的顏色介於粉紅和橙紅之間，把雲染得斷斷續續地十分美麗。

提到住院朋友明天動手術的話題時，話莫名地少了。對我們來說，在這種奇異的狀況下並肩走在這應該是「昔時路」的路上，是很奇妙的感覺。一個是遠離故鄉在外就業，一個是肚子裡懷著孩子，用和過去一樣的聲調絮絮叨叨地談著可能攸關共同朋友生命的疾病。什麼也沒改變，但感覺一切都一點一點地扭曲了。

以前，幼小的她和我跑遍這條窄街的每個角落。不會錯過任何一絲小小的變化。某家牆上長著像長春藤的植物，開的白花很臭，還有，石梯的邊邊有點缺塊，那裡長著苜蓿等等。把證明我們對地形一清二楚的小小寶物埋在街上的小小空地裡並畫好地圖，翻過好幾戶人家的院子圍牆，走那只有我們知道的捷徑。

有一次我們跑到較遠的地方，發現一片寬敞的空地。拆毀的建築物收拾得幾乎不留痕跡，一片茂草，開了許多小花。空地過去是個斷崖，可以遠遠俯瞰聽說以前是海的遠處街區。眼前什麼也沒有，陣風吹過，似乎還有海的味道。踏草、摘花、爬上瓦礫、盡情地玩，在眼前的街景變成沉入夕闇的璀燦夜景前一直待在那裡。

那裡蓋起了醫院，很久、很久以後，另一個重要的童年好友住進那家醫院，這又是說不出的怪異啊！

夕陽以和當時完全相同的角度灑滿街道。我莫名地感覺像瘋了。像是不知道自己年紀也不知道自己住處的感覺。彷彿走在夢裡出現的風景中。那不是美夢也不是惡夢，只是遠離現實。錯覺在此刻走著的迷你世界裡，自己獨獨長成巨人，從好高好高的地方凝視我們小小人生從過去到現在的一切一切。

那種景觀絕對不壞，是格外開朗、深情而美麗的感觸。

眞心

我完全沒睡著。天就在我輾轉反側、迷迷糊糊中猛然驚醒時亮了。我像中了催眠術般呆呆望著天空漸漸變亮。

雖然想睡，可是穿透房間那鮮橙色窗簾的柔和陽光把房間照得更炫眼，根本無法睡。打開窗戶，冬天冰凍的風竄進來，籠罩失眠悶氣的房間招來新的一天。我於是放棄再睡，起身下床。喝杯咖啡，同時感到倦怠的身體和清明的腦袋失衡的難過。

桌上擱著那封信。

看了幾遍還是同樣的內容。雖然知道這一天遲早會來，但沒想到是現在。這種任誰都有的想法，又在我腦中盤旋。然後，又嘀咕著昨天一整夜已不知嘀咕幾萬遍的牢騷。

「都已經十年了，能怎麼樣呢？」

我能怎麼樣呢?這個膽小、一遇麻煩就怯怯笑著一溜煙躲開的我。

「敬啓

妳們電腦繪圖設計公司的前輩中有位中本,她妹妹是我的朋友,聊天時偶然知道妳的事。我驚訝於妳的年輕,更驚訝妳和外子交往之久。此刻,我正拚命思考該怎麼辦,但覺得該先通知妳一下這個狀況。正因爲交往了那麼久,要突然分手也難吧!而我這邊也一直過得很好,老實說並沒有要離婚的感覺。妳一定是個溫柔的人吧!雖然沒見過面,就是有這種感覺。請妳也好好想一想。讓我們一起反覆憤怒、哭泣、思考、冷靜,花點時間想想吧!

波田伸子」

無懈可擊,毫無惡意,只是傳達她的驚愕的一封信。彼此都驚愕卻無法互相幫助,何其悲哀啊!還有,那深深、深深斷念的心。給我她在心中花費漫長時間一點一點築起的斷念之城已然聳立不再崩毀的印象。

怎麼辦？我茫然地望著天空想著。波田沒有跟我聯絡。我試著打電話給他，但週末他的手機關機。他大概不知道這封信吧！

我沒對任何人透露這段戀情。即使好朋友和親姊妹。雖然有心上人，只是偶然見面，瞭解我恬淡性格的人都能理解就是這麼回事。其實，我不是恬淡，是有驚人的熱情。只是目前爲止一直很滿足而已。

此刻，只能想做是總有一天該來的厄運終於來了。上個月，和中本去喝酒，稍微深入地談了一下。聊起什麼時候失去處女。我說中學一年級時她訝異地說好早啊！醉醺醺的我說因爲是初戀，現在還和那個人交往時，她更驚訝。我很喜歡她驚愕的表情。眼睛睜得圓圓的，手上的東西掉在地上，眉頭擠著皺紋，展現莫大疑問的表情。我覺得好玩，多少有點誇張點地談起我和波田的事。那件事演變到這個事態，只覺得緣分眞是不可思議的東西。

待在家裡，總感受到那封信發出的某種氣息。花一般濃郁的香甜氣息。輸了，我輸給那氣息之強。我不習慣那樣拚命，只想每天輕輕鬆鬆的不想改變什麼，不要那樣用力逼我。是我太不想失去他而萌生了深深的執著？還是太愛他了而想結婚？

我穿上大衣，拎起皮包迅速出門。好舒服，午後的陽光灑滿一地。冬天的空氣清新，天空淡藍，看起來好高。不見一個孩童的住宅區裡像時間停止般寂靜。家家戶戶的窗裡隱隱漏出午後休閒的聲響。陽光淡淡地照出我的影子，雲色清淡。我瞇著眼睛欣賞這美麗的光景，信步而行。

茫茫然地走向鬧區。想去這條路盡頭的高級百貨公司地下樓層最近新開的小咖啡店喝那特製的紅茶。有淡淡花香味的點心。這樣，心情上就不覺得被那封信吞噬了。這是魔法的處方！我了然於心地走著。週末下午，人潮多得可怕。人們在拱形街道上完全照自己的步調走著。情侶、約好碰面的女孩、歐吉桑、歐巴桑、老先生、老太太。生氣盎然。因睡眠不足有些頭昏、加上走了不少路，所有影像看起來都像底片般。電器量販店的招客聲、卡拉ＯＫ店的七彩霓虹、茶店前面的抹茶冰淇淋、醬菜店。也有觀光客。大百貨公司前擠滿約會的人潮。大櫥窗裡是外國名牌的商標。和這個亞洲鄉村節慶似的熱鬧完全不搭調。但是，每個人自在的行動讓這景觀顯得幸福。我想著從來不曾想過的事，大家都活著啊！大家都活著。在這週末接近黃昏的金色陽光中，一波波湧到鬧區。人們不窩在家裡，像動物遨遊大草原般走在人潮之中。

我也是其中之一，從某處來，往某處去。

想在前面那個小十字路口出個車禍或什麼意外而死掉。以後的事太麻煩。我想做什麼呢！只是活過每天而已。每個週五約會，光是這樣就快樂不已。無聊的人生。戀愛和性對我來說雖然非常重要，但那不過是人生的一部分。但是如果沒有的話，那又另當別論。我打心底想回到前天以前的和平時間裡。我能怎麼辦？下週照樣和他約會嗎？該結束這段情嗎？那也能做到。

但是這街頭有著健全活力、有處可去的人們開朗的表情，伴隨熱鬧的聲音逐一流過的樣子，將我壓倒。

好快樂啊！各式各樣的！我打心底悲哀起來。他每天打電話給還在讀中學的我。在下雪的日子給我看他死去母親的照片。就是一張照片。去醫院探病時拍的照片上，映著他中學時的可愛臉龐和酷似我的他母親。那個下雪天，我們就在前面那個百貨公司的門口約會，然後去現在已經不存在的陰暗咖啡廳，喝著甜甜的熱茶，他給我看那張照片。窗外是拱廊商店街。人潮如水流過。穿著大衣戴著手套，像花一樣。像要下雪的陰霾天空。

我喜歡他喜歡我的理由，那天，和他上床了。下雪了，我說沒趕上收班電車回不去怎麼辦？他說就算把車子輪胎繫上防滑鐵鍊也要送我回去。

從那以後，我們一直平穩地交往。雖然想過總有一天會結束，但太快了。我再也摸不到那手，聽不到那聲音了。也不再有那到達高潮的做愛順序了。雖然那是兩人一起琢磨出來的。從約會到吃飯的相處模式，不會和別人再重複了。今天吃咖哩牛肉，今天吃蛋包飯，今天吃炸丸子。我們儘吃西餐。因爲我還在發育，旅館費也耗錢，因此我總提議吃便宜一點的東西吧！偶爾陪喜歡吃麵的他吃麵。有時也去喝酒。我有時也做便當。加入維也納香腸的可愛便當。因爲見面時別的事情全都忘了，因此幾乎不談日常的話題。好吃、難吃，還有人生觀。因爲不吵架，沒見過他生氣的臉，只有這點遺憾。他對我好親切，像為彌補對死去母親沒有盡到的孝道。遠遠看見他等我時的臉顯得疲倦或是不高興，我一跑過去，立刻轉成開懷的笑臉。

盡想些好的事情，眼前變暗時我抵達那棟大樓。走出電梯，那家新咖啡店的黃色照明色調晶晶亮亮的看起來像個童話世界。也像是色彩過於鮮明強烈的電腦繪圖。門口擺著裝飾許多漂亮顏色水果的餡餅。藍莓、草莓、覆盆子……看起來像假的。我在裡面的小小座位上點了水果餡餅和淡淡花香的紅茶。店裡客人雖多，在明亮的照明下，人們看起來像是穿多了各色各樣的衣服。映入眼中的各種色彩對現在的我來說是過分突兀。感覺餡餅和熱茶眞的沁入我的五臟六腑。對啊！我猛然察覺。我這兩天幾乎是沒有吃飯、腦袋眞空地過著。我明白這世界看起來變了的理由。因為肚子空空的緣故。

我閉著眼，玩味那種感覺。

我感到自己體內深處蠕動的生命力。胃的血液在竄流，把能量送往全身。

迷迷糊糊睡去只是短短的一瞬。

我在瞬間的熟睡中做了個夢。

我和某個人在房間裡。不知道對方是誰，只知道是個男人。彼此心神不安，對，那是初次見面的人。彼此拚命地討論怎麼做才能再見面？完全看不見臉。沒有時間了，我像幼稚園娃娃般跺腳大哭。我說地址、給我地址！他遞過名片，我掙開那手。像灰姑娘似的。

地點改變。我在公司裡。正想著那人要和我聯絡吧！快遞就來了。是那人送來的。打開一看，沒有信或其他東西，只有一個記事本。硬皮的細長形記事本。看了裡面，那是他的剪貼簿，像日記一樣。完全沒有他的筆跡，只細心貼著他看過的電影、去過的地方名片、有興趣的剪報。哦？他對墨西哥有興趣嗎？不只，還貼著鈔票，最近實際去過吧！也有器官移植的報導，也有從雜誌割下來的美女照片。給我看這些東西妥當嗎？也有女人寫給他的明信片。是嗎？可能是已經有太太的人吧！討厭！心想著又是婚外情時，發現最後一頁的信手塗鴉。記著這三天來的全部作息，從起床到睡覺、去過的地方、去過的店、見過的人、回家時間、上床時間等，完全沒有感情的描寫，全都只是匆匆寫下。啊，他是單身！我安心得流下淚來。他和我一見過面，就把這段補足在隨身攜帶的記事本上，然後立刻送來吧！

在那裡面，可以感覺到他發現我、爲了把握不再和我分開的緣分而公開自己全部作息時程以等待我聯絡的意志。他不是用語言表示他沒有結婚，沒有不可告人的事。怎麼辦？我好高興，跟他聯絡吧……隨時聯絡都可以。和這個人。

這時猛然驚醒。不知道爲什麼做這樣的夢。印象和感情還強烈地殘存著。

我不好意思，假裝剛才只是閉上眼睛而已！

在這裡，每個人都有自己的世界，衣著乾淨整齊的男女服務生都俐落地工作談笑，我也完全變成店景的一部分。周圍的人都以可愛的表情動作聊著天眞可愛的話題。

睡意重得驚人。

但在精神方面卻很清醒。好像從漫長的惡夢中驚醒般。

是嗎？我眞的受傷了嗎？不能聯絡上他，和家人相處的事情再也不能說給他聽，隔壁闖入小偷而害怕得失眠的星期天夜裡也不能打電話給他了。

此刻，我清楚知道是在夢中玩味虛擬的新戀愛。

重要的是，那愉悅、簇新的戀愛味道……預感會像這茶一樣清淡芳香。實際上如何呢？那已經無所謂了！做了那夢，莫名地精神抖擻起來，又強勁地擠出一個生命力。新的作風、新的觀點，我需要的所有要素都在剛才那一瞬間做的怪夢中。

我想談新的戀愛。想和單身的人談。

我只知道要這樣做，但眞的很好。

我會談新的戀愛嗎？還是順其自然地和波田繼續到戀情腐朽爲止？隨便哪一個都好。感覺自己可以成爲讓人討厭至極的傢伙，也能像雪一般倏地消失。

明白了扼殺在自己內心深處的心情比什麼都重要，我邊想邊將餡餅上的水果放進嘴裡。好酸！只有還活著的東西才有的濃郁味道。

花與暴風雨

一聽到幸福這個字眼，有個總會想起的光景。

晴朗的天空下，遠遠望見我們一行五人下榻的飯店。可以看見我們房間的陽台。回頭一望，剛剛才參觀過的神殿遺址的巨大石柱聳立在遠遠後方的高地上。

風強，夾著沙塵，先回房間沖個澡，等夜幕降臨時再上街，到小餐館裡喝甘醇的葡萄酒，慢慢吃飯。就是那段時光。

午後的陽光略微西斜，帶著金色，和我邊走邊聊拍照的女性朋友前面是一對情侶。一個男性朋友和他的情人。他們說著話，慢慢地走在我們前面一點點。

小路上花朵蔓開。幾乎都是黃色的花，但也夾雜著一些粉紅和白色的花。橄欖樹彎彎的樹枝茂盛地長著乾燥潔淨的綠葉。浴著陽光的植物鮮明地在空中綻放它們本來的顏色。

在和人一般高的繁花圍繞中，情侶朋友的身影在美麗的色彩中時隱時現。

我在那氾濫而炫眼的色彩中懷疑，這不是天堂嗎？

西西里都是扒手；穿帶來的最爛的衣服去吧；不要拿皮包；拿個便利商店的袋子就可以；不過這樣還是可能被扒……在這些恫嚇警告下，我戰戰兢兢地坐上飛往西西里的飛機，一降落便立刻把皮包斜揹在胸前，脫下戒指。

但是，就是有什麼不同。

和先前待過的羅馬相比，這裡非常開放、溫暖。柔和燦爛的陽光從藍得驚人的天空灑下。遠山承受橘色的陽光，閃耀著不曾見過的非常微妙的淡淡色彩。公路突然大塞車，每輛車子都按著喇叭急著回家。可是，每一輛都還是那麼樂觀。大地滲出的幸福布滿空氣中。當地的人熱愛家鄉、家鄉也愛他們的地方特有的巨大蜜月氣氛飄然傳至我心。

沒有扒手，天空一直異常的藍。到了晚上天空還是很亮，注滿了過去見過的所有迷上南歐的偉大畫家所畫的充滿生命的藍。我也愛上這塊土地。黃昏來時，天空的顏色放鬆了人們的心，大自然每天毫不吝惜、自然而盛大地豪華演出讓人知曉它色彩光影之美的大秀。窮人、富人、老人、年輕人，每個人的心一齊融入這幸福的、從一杯葡萄酒展開漫長美麗夜晚的風土。我想一直待在這個幸福色彩的世界裡。

陶敏納（Taormina）是處處坡路的小鎮，街上擠滿了觀光客。有天傍晚，定好時間卯盡全力各自採購的我們一行，不知不覺地自然集合在大街盡頭賣香皀、化妝品和香水的高雅店裡。店裡滿是淺色的貨品。粉紅、藍色、金色、嵌著花瓣和水果的香皀、細心親切的老闆娘的薰衣草色毛衣。

主貨架上整齊地排列著問世以來不變的古董瓶設計的有名香水所有種類。其實我在東京的知名百貨公司就買了全部。當然，在那非常漂亮的百貨公司裡，只覺得每種香水的味道都很好，不像在這裡，五官全都活躍起來，可以感覺每一種味道的不同。

我的男性朋友在兩種香水中煩惱該選擇哪一個。

在場的所有人，我、女性朋友、老闆娘和他的情人亂哄哄地把鼻子湊在他手臂上，認眞地跟著他一起煩惱什麼味道適合他。因爲大家都閒得沒事。在那裡，時間簡直像清泉湧出的透明清水般源源不絕。

「無法決定啦！」

大家的嘴裡都冒出在東京時不可能說出的曖昧但親切的話。

「你可以考慮到明天。」

老闆娘不像生意人似地說，於是我們出店去吃飯。

第二天早上，我們在店裡又茫然一次，老闆娘再度親切地目送我們，「到那邊繞一圈也好，走路時味道會變，就會知道了。」

「好——想過這樣的生活呦！」

他說。同行的人平常總是非常忙碌，因此這句話簡直像大口喝水般沁入所有人心裡。

「眞想過這種選香水覺得迷惘時先去散個步，終於決定後才心滿意足地結束這一天的生活。」

在海邊盡情玩累了的黃昏，終於決定了他要的香水。

那淡淡清涼的香味直到現在還新鮮地從我的記憶中冒起。

就在那趟旅行後不久，他的母親過世。

以前去過他家一次，吃他母親做的飯。他母親那愛笑悠閒的樣子發出雪白的光。

更早以前，初次遇見他時，是他母親心臟病第一次發作病倒的那天黃昏。我們初次見面，談得不怎麼投機，心想慢慢就會順利時，他接到通知。在場的人自然都變得很體貼，打從心底親切地目送他搭飛機。那是長遠友情的序曲。

他母親死時，知道他是多麼愛他母親的人無法隨便對他說些安慰的話語。那樣的情愛和消沉，是普遍但神聖的。

經驗過眞心深愛的人死亡的人都會瞭解。

打電話去弔唁時，他特別開朗。

人在眞正失去什麼的時候，暫時會這樣。之後，眞正的寂寞就會混入日常踏實而來。即使很清楚這點，朋友們還是無能爲力。只能靜靜看著。

「多哭，多吃，多睡吧！」

我說。

「此外，就只能等待時間過去囉！」

「就這麼辦。」

他回答。

「多哭，多吃，多睡，多擦香水！」

兩個人雖然難過，還是笑了。

後來再見到他，是在極寒的托斯卡尼（Tosccana）地方。

幾乎還是我們那些老面孔同遊義大利。

那一夜，大暴風雨來襲。

半夜聽到啪哩啪哩的聲音醒來，窗外光燦明亮，大顆的冰雹從天而降。風聲怒號、吹落附近一帶的瓦片和盆景，碎落地面。好嚇人……同房的女孩不知所措。沒有電，水從窗戶不斷滲進，雙腳都泡在水裡。

我躡手躡腳地跑到那對情侶的房間，他們當然起來了。風雨的狀況大到沒有人睡得著。電燈不亮，只好點蠟燭，不知所措的我們聚到一個房間。怎麼辦？明天恐怕走不了了，水要是再多的話這個房間也不能待了。啊呀！暖氣停了，好冷！用我的懷爐吧？大家七嘴八舌地有點亢奮，猛然發現，他一個人呆坐在房間正中央稍微高的地方。

在雷聲和燭光淡淡照射下，我起初錯覺那裡坐了個小男孩。

但仔細一看，那裡坐的是被暴風雨擊醒、在愛他的人圍繞下不知所措的成熟男人的他。

那時，我眞的，眞的頭一次領悟到。

這個孩子已經沒有母親了。

我心裡想，怎麼會這樣？我有點想哭，但覺得這樣不妥，便以平常的聲調叫他。他恢復笑臉，回到我們深夜吱吱喳喳的開朗會話中。猛烈的暴風雨聲包圍著我們，可是我們心情開朗。該睡了！總之，也只能睡覺了！大家笑著說。

彼此安慰說，到了明天總會有辦法的！

爸爸的味道

高橋從走廊對面過來。披著紅色的開襟毛衣。我心神不安得自己都不相信，弄錯了擺手踏腳的順序。覺得自己頭髮貼在前額的邋遢樣子真醜。讓後到職的同事說「好漂亮的額頭呢！」實在不舒服。臉色鐵青地走開。

高橋和我不認識的人在一起。最受打擊的是，擦身而過時她沒有看我。她們專注地聊著。我聽進耳裡。「什麼時候開始用孕婦腹帶？」我的眼前一黑，回到自己位子，把手裡的資料摔在桌上。然後去營業部的房間找清水。我問，這是怎麼回事？我哭叫著怎麼會變成這樣？但是他毫不關心，對我的眼淚完全無動於衷，皺著困擾的眉頭像往常一樣敷衍說，抱歉，但沒辦法啊！很久以前就這樣了。雖然是在公司裡，他竟然堂而皇之告訴我：她說喜歡我，很難拒絕是吧！我也不想限定喜歡的女人呀！那眼神非常冷。我捶打桌子，捶得手都紅腫了還不停止。我想靠這樣冷靜下來。但我其實老早就知道了。只是不關心地完全沒把這事和喜歡誰或不傷害誰的想法連在一起。我是怎麼發現的呢？對啦，是在我盲腸炎住院，他嚼著東西走進病房時。我告訴他我可能懷孕時他還斜眼瞄著電視螢幕。我的朋友被她男友的朋友強姦時，他也說「那傢伙射在裡面沒有？」現在肚子裡懷著他孩子的高橋一定不覺得這樣有什麼不好吧！可是我很難過。望著窗外。看見我最喜歡的公司中庭裡的大銀杏樹。總之，好難過……。但是，下午還有十二個電話非打不可。難過……。眼淚不止。

發出嗚嗚聲同時睜開眼。

可怕的夢……。我吸口氣。

但，這是什麼地方？我在棉被中，天花板映著清澄的藍光。是窗戶的形狀。靜寂……。窗外樹木搖動。巨大的樹枝。對啦，我清楚地意識到，來到爸爸的山中小屋了。眼睛還流著淚，身體害怕得僵硬。我做不出什麼有勇氣的事。只是弄壞了胃，不聲不響地辭職而已。再也不能在那棵銀杏樹下吃便當了。好奇怪，銀杏樹比和大家那樣融洽工作還令我懷念。

每當窗外樹木搖動時，天花板的光也大幅搖晃。空氣冷冽透骨。我對黑暗的過度龐大抱著畏懼。像要吞噬我的黑暗像貓一樣活生生地在房間到處呼吸。

我剛來時還想，爸爸眞能在這麼可怕的地方單獨生活啊！然而剛才做的那夢比這山中靜寂更可怕。夢中的都市生活非常超現實，我總是抱著罪惡感，覺得必須更努力不可。

在這裡，知道了許多在那個平靜家中不知道的事。像是世界多大啦；夜擁有像是永遠持續不斷的力量啦；和白晝不同的生物啦這些。我小時候也常思考這些事情。比如，星星在多遠的地方之類的事。最近，加完班從車站回家的路上，總義務性地去確認微暗天空中肉眼勉強可見的一等星。每晚改變形狀的月亮也像布景般畫在天上。來到這裡以後，這些事情一一逼上心頭。

據說退休後住到山中小屋，是所有父親的夢想，可是我家老爸的夢不是那麼和平。

爸爸計畫退休後就只週末來住而買下這棟小木屋，可是他有女朋友的事被發現了，結果和媽媽搞成分居狀態。

在家裡，有關爸爸的話題幾乎成了禁忌。起初媽媽也嚷著要離婚，憎恨不肯做個了斷的爸爸，但不久也好像無所謂了，平靜下來。日子就這樣繼續。弟弟有一次去看爸爸，帶回小木屋裡完全沒有女人的影子、爸爸也說已經吹了的訊息。媽媽聽了以後，爸爸偶爾回來時，就會體貼地幫他找出當季的衣服，做些好東西給他吃。雖然沒有交談，但以前熟悉的氣氛正一點一點地復甦。才為他們兩人的老後又有了希望而高興，我就因為那個事件辭職，頭一遭來到爸爸生活的山中小屋。

辭職後的我大概有些異樣吧！先是總是睡覺。我並無意這樣，可是清醒時已是黃昏，而且很快又沉沉睡去。結果，只有肚子餓時才出房間，體型也莫名地浮胖起來。媽媽跟我說話時我是好好回答的，可是媽媽說我心不在焉。叫我出門走走，可是我不想出門耗掉存款，還是待在家裡。在這種情況下，媽媽擔心過度變得有點焦慮，因此我想去投靠爸爸。媽媽每天看我的臉色，怎麼看怎麼不對。媽媽前所未有地和爸爸電話長談，說暫時讓我住在那裡。又精明地吩咐我，「用你的眼睛檢查有沒有女人的影子，不論怎麼掩飾，還是躲不過女孩子的銳利觀察眼光。妳比男孩可靠。到時候媽媽再想該怎麼辦，拜託啦！」但我根本不是這塊料。那時候的我根本不在乎爸爸是和女人、男人還是熊住在一起。只全心全意地維持自己活著。

來火車站接我時，以前開豐田皇冠或賓士車的爸爸和現在開四輪驅動休旅車的樣子很不搭調，我笑翻了。幾乎沒吃那乏味的鐵路便當的我變得幼稚的瞬間，正是看到瘦削的爸爸從大車上輕輕躍下時。在某一意義上，那時有腦袋整個換過的感覺。

車中乾淨得討厭，就像爸爸的房間一樣。

總是整理得乾乾淨淨，不方便進去玩耍的房間。

許久不見的爸爸像對孩子說話般跟我說話。

「公司那邊辭啦？」

「嗯！」

「暫時住一陣子也好。想一個人住的話，爸爸可以回家去住。」

「嗯……」

外面的樹林。樹枝的顏色。泥土的顏色。我凝視蜿蜒山路上看到的新風景。

「爸，我來也沒問題嗎？你不是和女人同居嗎？」

我說。

「當初搬出來時確實是爲了那個，但現在不在了。」

爸爸說。

「在這地方生活多少要些心理準備，但習慣了就好。」

我「唔！」了一聲。即使沒有女人了也不回家嗎？這對媽媽來說，是好事還是壞事呢？媽媽從什麼時候起忘了自己是女人了呢？她仍對爸爸抱著深厚的感情嗎？他們之間簡直像別人家夫妻般，我完全不懂。因爲長久沒住在一塊兒，爸爸跟我說話時像對小孩子說話。

椅子上有毛蟲，我大驚小怪。

「你以前不是滿不在乎地用手抓毛蟲嗎？」

爸爸很訝異，停下車子，用面紙捏開毛蟲。

「我也被自己嚇一跳啊！」

我對毛蟲的免疫度是什麼時候降到零值的呢？這讓我非常驚訝。雖然從我最後觸摸毛蟲以來，我對毛蟲的認知應該沒有變化，只因為看不習慣就這樣害怕……這顯示我的感受性何其衰弱？我望著藍天，覺得眞是不可思議。小時候，我常把毛蟲收集到瓶子裡又放牠們走。蹲在地上看著草叢中一一飛起比草色還綠的蝴蝶。也會捉住停在牆上的蝴蝶，仔細觀察後再放牠飛走。我很少殺害牠們。只是觸摸、凝看。也曾透過光亮的玻璃看蛾卵裡面生命鼓動的樣子。世界大得可怕。為什麼我現在什麼也感覺不到？天空依然是天空，地面只是土色。那裡沒有無限打漩的蝶翅花紋般的深邃。

「爸，大家都住到這裡多好。媽媽也來，耕田、抓蟲，大家努力工作，晚餐飽吃，呼呼大睡，大家排排睡在一起。在漆黑中。」我說。

那是讓人感動得熱淚盈眶的不可能有的遙遠光景。是吧？是不可能有的吧？是哪裡不對了？在我失去對毛蟲感觸的同樣過程中，我們家族裡肯定也逐漸失去了什麼。

爸爸什麼也沒說。車行搖晃，腦袋被搖得真空一片。眼裡盡是綠、綠、綠。

但那還沒開始就失去的光景，像夜間山路的燈光般鮮明地烙印在我心上。電燈光下，圍繞山中小屋桌子的全家人。關掉電視，就只剩下群樹搖晃的聲音。半夜時更黑。弟弟的睡眠呼吸聲。爸爸的鼾聲。媽媽兩鬢梳不攏的頭髮、黑暗中緊緊相偎的家族……。

和爸爸一起生活後，我確信，家這東西是男人和女人努力分擔任務才能運作的。剛開始總是被惡夢驚醒而失眠、悶悶不樂的我，在有事情做而勞動身體中，漸漸減少了優雅發呆的時間。這裡所做的生活雜事都能為自己帶來暢快舒適。那是看得見的報酬。

若不想吃爸爸烤技差勁的難吃土司，我得自己來烤。因此我就早起。只要不下雨，我就走到兩公里外的麵包店買剛出爐的麵包。山路鋪著柏油，雖然沒什麼情趣，但像要竄入我胃裡的蠻橫山中植物茂密地突出路邊，顏色之強烈，懾服了我。走累時頭也昏了，已經無所謂了，管人家怎麼看，額頭是乾淨還是骯髒，就算有人看到此刻累癱的我而不覺得可愛也無所謂。根本想不起他的臉。買麵包時就只想著麵包。實在是很好的復健治療。之前，我一定是體力多餘，才有想閒事的空閒。

回來後自己煎蛋，和麵包擺在一起，和爸爸邊吃邊看電視，喝許多咖啡後打掃房間。

爸爸劈柴。

許久沒看到勞動的爸爸。

傍晚去超市買食物是唯一的樂趣。看見文明的光線下各種食物整齊排在一起就高興得飛奔上去。思考要做什麼菜是一天的主題。在超市裡的書店買許多書打算夜讀，但因爲光線太暗，看著黑暗和星星入迷，很快就睡著了。

「妳……很健康嘛！」

爸爸偶爾驚訝地說。

我也知道。媽媽管理的家整然有序住得舒服，但在這裡，不是不覺得這種渾沌、爸爸的臭襪子、沾著屎痕的內褲、長長的鼻毛和泥濘鞋子不愉快就好，而是有種活著的力量。年歲老去的男人住在這裡。和他對應的老女人分居別處。他們生下的小女兒長大成人住在這裡，不久也將老去。

我怎麼那樣脆弱呢？

不只是大自然很美。我看電視劇，走過柏油路，在超市買到最新上市的零嘴。我很清楚這是假的鄉下生活。我失去的是什麼？不是父親。是叫做生活的東西嗎？此刻，想起以前的事就想起只浮著腦袋生活的外星人。沒有身體，只有腦袋東想西想，像水母般茫然地在水中漂來漂去。沒有性別，也沒有慾望。不能隨心所欲地動。

就是這種感覺。

「妳好嗎？

妳一不在，公司裡好寂寞。課長好像沾惹新來的兼職女孩，他老婆每天打電話來，大家煩死了。妳的事情大家傳了一陣。妳會辭職大家都嚇一跳。瞧妳一副嚴重受到傷害的小女人樣子。高橋因此待得難過。等著看吧！等她肚子大起來時，她和清水之間就沒那麼好了。啊！總之很無聊。好想和你在中午時吃披薩，共喝一杯啤酒哪！不過，仔細想想，妳在的時候那麼忙，妳走了公司也沒垮，眞是不可思議哩！我還是老樣子。跟同一個他約會。週末幾乎都一起過。管他以後如何。還有，最近我家附近開了一家小酒館，不知爲什麼，下定決心獨自進去看了，感覺眞好，也可以交些朋友。妳回來後我帶妳去。和妳爸爸一起住的生活如何？我想，大自然會治癒你疲憊的心。盡情地活動筋骨，呼吸甜美的空氣，恢復過來吧！再見。」

唔？好像有什麼不對呦！她說的我都懂，很有條理，可是有什麼東西完全弄擰了。

我接到這封信時這麼想。我在公司時眞的和這個人最好嗎？不，和在學校時一樣，勉強來說算好吧！她雖是好人，但已距離好遠。大概不會再見面了。至於高橋和那個人處得好不好，我已不在乎了。我爲什麼和那樣的男人交往呢？不想和他約會、相依相偎、黏在一起卻和他上床，心裡沒有熱情卻假裝有那麼多溫柔的感情，笑吟吟的面對他。因爲太閒了。肯定是。雖然現在時間還更多，可是當時那忙碌的日子裡卻相當閒。在我自身內心裡。

公司時代的朋友來信那天，是許久不曾的雨天。看完信後，留下某種不愉快的後勁，我那天沒有外出，看著窗外的雨。不是失戀的事後懊惱。是自己腦袋不清狀態下過的生活的沉重。投入新興宗教一時認眞融入後來又停止信教的人一定是這種心情吧！至少，若是爲認眞戀愛、也非常喜歡的人失戀也好。若是眞的喜歡工作而忙於工作也好。我覺得自己只是窮極無聊。我覺得羞愧。爲什麼會有和並不喜歡的人談戀愛的心情？難道沒有別的事做嗎？爲什麼完全看不出來他是作爲一個人、作爲一個男人都無趣且缺乏判斷力的那種人呢？那是戀愛的力量嗎？我知道不是。我想，是我沒有自信，對活著有罪惡感，覺得不珍視說喜歡我而靠過來的人不行。如果眞的喜歡，即使哭瘋了甚至眞正發瘋了，那段情還會像雨水打過的群樹般色澤鮮豔吧！

我凝視濕漉漉的樹木。樹葉看起來就像我們人類呼吸般高興地被雨淋濕。透明的水滴不斷流過光滑的葉面。感官性的凝視。我只是認眞茫然地看著雨天過去。潮濕的泥土味、綠樹的臭青味。我想自己也有味道，正在散發。和這森林群樹同樣地仰望下雨的天空。窗玻璃流下一絲絲透明的線條，像電影般切割那朦朧的森林顏色。

在房間裡變暗以前，我一無所思地望著外面。

泛白的天空顏色就那樣漸漸沉落，感覺雨聲變大了。

不久，迷迷糊糊中被廚房飄來的油香味驚醒。那是懷念的味道。模糊的腦袋在想，是什麼？外面一片漆黑。今天傍晚鳥也沒叫。我走進廚房。爸爸背對著我煎蛋。

「哇！好懷念哦，爸爸的蛋包飯。」

小時候常吃的蛋包飯加了洋蔥，很甜，有濃濃的奶油香，吃後一整天都感覺心窩暖暖的特別好吃，不知爲什麼全家都喜歡吃。或許爸爸所做的事中最讓人喜歡的就是蛋包飯了。我先準備啤酒，把炒香菇拌入昨天的剩飯裡準備晚餐。爸爸煎了一個大蛋包飯。

「訣竅是先用奶油爆香洋蔥。」爸爸說。

「不是平底鍋的問題？」我說。

「對，平底鍋毫無作用。」爸爸說。

「想不到哩！所以才有那樣QQ的口感，嗯，確實特別好吃。」

「是啊！」

爸爸自傲地說。

暫時小住的夜晚，樸素餐桌上爸爸的味道。我的未來沒有任何積極的東西，就只有現在。我有一點了解爸爸待在這裡的原因，雖然家人愛他他卻不願回家而留在這裡的原因了。因爲他沒有一點積極進取的地方。

許久沒吃的蛋包飯有我懷念得要死的味道，我許久不曾這樣覺得活著是有意義的事了，喝了過量的啤酒。因此，看著電視也想睡。我想，活著眞的有很多意義，雖然像星星般多得已經記不清的美麗光景塡滿了我的靈魂，但襯托活著意義的那種貧乏醜陋之事，這輩子再也不必了吧！

沉默之聲

爲什麼很多時候親近的人總能從微細的跡象中隱然察覺出應該是祕密的各種眞相呢？爲什麼沒人特意讓你知道那是眞相，卻又不知不覺地讓你知道了呢？

這個疑問在人生之中好幾次襲擊了我。

這種感覺就像在停電的家中篤定地直直走過漆黑的走廊到電流斷路開關處。或是用尺去搆找掉到桌子後面的明信片。像是那種你知道，手能摸到，也理所當然地行動，卻不能清楚看見而有些著急的感覺。

在學校時，看到像在戀愛、彼此隱瞞卻都知道各自喜歡對象的女孩子們，喜歡好友的女朋友卻守著這個祕密的男孩，還沒有交往但互相心儀的年輕老師時，我總是想著這事。

又如，看到朋友像是恩愛的父母其實關係冷淡，朋友雖然不說但爲這事心痛時，我也有這種感覺。

眼波流處、手的動作、服裝的變化。幫個小忙時、有驚訝的事情時……總會有什麼形諸於外。就算沒有任何契機，還是不經意地知道了。大家多半知道。縱使沒有顯現在意識的表面，但在某個深處都感覺到了。

而且，想隱瞞的和被隱瞞的彼此內心深處也都知道其實對方知道了。雖然只是有沒有說出來的差別，但因爲特意的區隔，隨著時間重量的增加，也會造成大的裂痕。不說出來，也可能是爲了不用揹負那無以挽回的心靈傷痛。雖然，什麼是最好的選擇，要看當事人的性格而定，但無論如何我確信，人的身體和心總在接收或發出超乎自己所想的大量訊息。這種神祕的色彩有時候像是暴露自己的感覺般讓我懼怕，有時候又會撫慰我，讓我心下一暖。

高中的畢業旅行，我決定和朋友去關島考潛水執照，在換新護照時，我頭一次親自去拿戶籍謄本，看到時心想「果然！」

我是養女。

我說要換護照時媽媽就是一副「終於來啦」的表情，但緊接著像什麼事也沒有，拿出保險證和印鑑。她是認爲我已經長大了必須自己去想，還是想繼續無視眞相下去，我不知道。我只知道媽媽曾猶豫了一下。媽媽猶豫，我看見了，但是在那之前，我們已輕輕放過好幾十次弄清眞相的機會。

爸媽現在都已上了歲數，爸爸屆齡退休後，他們每天早上的散步絕對不缺。不論多麼嚴寒的冬天早晨，兩人總並肩緩緩走著。穿著一起訂做的黑色舊大衣，手挽著手默默走在晨曦照亮的柏油路上。炎夏時爸爸穿運動衫媽媽穿痲紗襯衫的不搭調模樣滿好玩的。

早上起不來的我從房間窗戶俯視他們走出家門時，總是在想。

那樣的老先生和老太太就是我的父母，實在不可思議。

再多想時，就會想到從以前開始總是自動浮現的光景。

一個是以前家中每有爭執時爸爸總會說的一句話。爸爸總是用同一句話，結束媽媽歇斯底里的怒吼、我的哭鬧、姊姊賭氣的沉默……這老套的戲碼。

「拜託，別讓我想起那時候的事！」

年幼的我不明白那話的意思。可是，每次講出這句話，媽媽和姊姊就突然沉默下來，爭執之勢倏地消失不見。

另一個是某個初秋全家旅行時的一個場面。

我一路活來，許多時候總是反覆、反覆地想起那件事。連當時光影移動的樣子都想得起來，我眼睛得瞇著。好像要融入那水面的閃爍亮光中。

我有個相差十五歲的姊姊。

姊姊是個美人，有張七〇年代風貌的臉，很會玩，很有男人緣。她雖然到處玩，很少和家人在一起，但對我非常體貼，帶我去各種地方，買各種東西給我。她照顧我無微不至，甚至干涉我的朋友關係，也常通宵陪我一起做暑假作業。

我總覺得姊姊的眸子和舉止有些不符年齡的滄桑，每次看到時我總覺得看到了某種迫不得已的無奈。

那年，爸爸剛跳槽到新公司。暑假還有多天沒休假，因此一入秋就說要去洗溫泉。因此我們去住爸爸朋友開的溫泉旅館。我們在那房間附有小小露天溫泉的舊式豪華旅館住了兩、三晚。我那時十歲吧！

兒時的記憶爲什麼如此色彩鮮明呢？

穿著外出服的媽媽的化妝、爸爸的短袖襯衫顏色和榻榻米的顏色，都比我此刻眼前看到的光景還要清晰。

「等一下吃完晚飯後到外面喝酒，這裡什麼都沒有，這條路前面倒有個鄉土味的居酒屋。」

姊姊說，她正躺著塗指甲油。

「指甲別塗得那麼紅，」

媽媽說。

「走在一起都不好意思。」
「那我上面再塗別的。」
雖然這麼說，但大家都知道姊姊終究還是會留著紅指甲出去。
「我不去，吃了晚飯。好飽。」
爸爸看著報紙說。
「那就只三個女人去囉！」
媽媽說。
「你也去！不可以睡著哦！」
姊姊輕輕碰觸我的腳板說。然後鼻子擠著皺紋、打暗號似地笑笑。我喜歡姊姊那張臉。
旅館院子裡還綠油油的樹木把枝椏使勁地伸向剛染上一層薄薄秋色的天空。房間外面的池塘裡偶爾躍起一條大鯉魚。光是各自悠閒地在那日蔭處的陌生房間裡眺望院子裡的光，就感覺好快樂。有人說我們家人像朋友一樣，我們的感情真的很好。爸媽永遠是男人和女人的感覺，看起來年輕的媽媽和看起來總是比實際年齡大的姊姊，總是像姊妹般商量事情。她們大抵是不把我當個大人看的，但出門時偶爾帶著我去，我就心滿意足，總是混跡在大人的世界裡。

姊姊很喜歡房間的小露天浴池，白天也不出去，就泡在裡面。有時裸體待在裡面太久會讓人擔心。那天下午，她心血來潮，她帶著我一起進去泡澡。

那個浴池是岩石溫泉的造型，像是玩具，雖有溫泉，但水溫不燙，和院子區隔的圍牆也簡陋。進去時還能清楚聽到房間裡的電視聲音。浴池很小，感覺兩個人洗時一個人泡著全身、另一個人就只能放腿。爸爸說不喜歡這樣小的浴池，到別的大浴池去。媽媽也一樣，好幾次說不洗，於是這好像成了姊姊包租的浴池。

姊姊把買來的冰塊放進桶子裡冰鎮日本酒，小口小口地喝。我冰著一瓶柳橙汁，也學她小口小口地喝。風很大的日子，強烈的陽光偶爾從雲縫間灑下。就要黃昏了，我看著光和影的緩緩變化，和姊姊默默地泡澡。

浴室的圍牆外可以看到山像橡果形狀般隆起茂密的綠。隱隱可見的山浴著金色的夕陽，讓群樹的綠綻放出崇高的光彩。不斷飄過天空的雲緩緩染上像棉花糖似的粉紅色彩。

再怎麼定睛凝望也無法捕捉那微妙的變化，瞬息萬變的鮮豔色彩。

身體稍覺冷時又泡進溫水裡，覺得熱時再爬出來喝果汁。

姊姊已完全醉了，舒服地嚼著小魚乾配酒。手臂掛在岩石上，整個身子向後仰，哼著歌曲。

對了，不知爲什麼，姊姊心情好時總是哼著Simon & Garfunkel的名曲〈沉默之聲〉（Sound of silence）。而且差勁的是，她總是唱著改編的歌詞，配著節奏唱著。

「老爺爺的丁字褲，老爺爺的丁字褲，那是老爺爺的丁字褲。」

聽說是以前在學校時改的歌詞，但泡在溫泉裡無意識地唱著這歌的姊姊簡直像喝醉的歐吉桑。長長的腿在熱水裡看起來是扭曲的。一半露在熱水外面的陰毛像海草般搖晃。胸前的雙峰谷間流著汗。

我盯著看時，心想，啊！那指甲的形狀和我的好像，因爲是姊妹嘛！

腳趾甲、捲曲的頭髮、鼻子也都很像。我長大以後也會變成這樣的女人吧！

我噗通泡進熱水裡說。

「我就要洗好囉。」

「嗯，姊姊還要再喝一點。」

「姊，」

「嗯？」

我爲什麼會突然冒出這句話，直到現在還不清楚。

「姊姊和我好像母女呢！」

姊姊睜圓了眼睛、垂下長長的睫毛只是一刹那。然後說聲好熱、精力十足地從冰桶裡拿出酒瓶，倒在杯子裡。然後一口喝乾，把頭沉進熱水裡。我一驚，喊著「哇，好舒服」，像海底妖怪般爬出熱水。

接著，又是瞬間的沉默。

我無意中抬頭看天。就在眼前不遠的地方，天空的樣子又變了。一切都添增了瘋狂似的粉紅色，連老鷹都染紅了。剛才還是濃綠的山看起來簡直像楓葉一般。

姊姊髮絲滴落熱水，又小聲唱起老爺爺爺的丁字褲……。好厲害的敷衍方法。

雖然一切恢復原狀，但在那我曾以爲會是永遠無盡的沉默中……時間扭曲、展延、把我「碰！」地拋棄在它的答案和新的現實世界裡。天空時時刻刻變換色彩，在姊妹間平凡的像動物般肌膚相親的每一天的溫馨親密中，像是看透清澈的湖水般，我在姊姊的瞳孔裡發現眞實。

不知怎的，爸爸說「不願想起那時的事情」的表情也浮現眼前。

我還是小孩的細細四肢和平坦的胸泡在熱水裡，腦袋比大人還冷靜狡猾地做出假裝什麼也沒看到的結論。

我再望一次天空，四處已開始變暗，粉紅色正被淡藍色取代。

「看！那山上的粉紅色，就是相愛的顏色呦！」

醉醺醺的姊姊大概已完全忘記剛才那一瞬間，又恢復了平常的好心情。這麼說著，還無意義地笑指遠山。

「眞的好美！」

我望著那邊說。山頂有著看似火焰或陽炎般搖晃的太陽最後輝彩。

我讀中學時，姊姊和美國男友有了孩子，離開家裡。

媽媽說外國生活很辛苦，勸她拿掉孩子。媽媽還說那個人不是還沒和前妻離婚嗎？在外國一打官司，他一定被掏得乾乾淨淨，什麼都別想留下。

媽媽是因爲寂寞才這樣說，全家人都知道。

奔放的姊姊再也無法被封閉在我們家這個小盒子裡了吧……。

我心想著好寂寞哦！雖然訝異，但還是悶聲忍耐地聽他們說。

我定睛凝視自己來來去去如大理石花紋般雜亂的心思。想著她若是姊姊，我就只是寂寞罷了。想著萬一不是姊姊，心中立即湧現扭曲的嫉妒心。她以後生的孩子、她的新生活、新的家庭、拋下我而去、放棄看見我的成長……瞬間，我對這一切抱著難以言喻的憎恨。可是，想到她是姊姊時，剛才那份心思像在火爐上的雪花般溶解無蹤。好寂寞啊！姊姊要走了……。就只剩這個思緒像乾淨的水般幽幽留下。我那像在俄羅斯輪盤上不同的兩個顏色間咕嚕咕嚕轉的內在心思很有意思。

家族晚餐結束，眾人吃著蛋糕水果，談著那個話題。爸爸有聽沒聽地看著電視，偶爾嘀咕像是隨你喜歡吧之類的話。

大家都很落寞。可是姊姊肚子裡有孩子的事實已經改變了一切。

話題乾枯，媽媽一開始稍微埋怨的口氣時，睽違許久的爸爸壓箱本事終於出籠了。

「爸爸已經年紀大了，別再讓我想起那時候的事。」

啊！這台詞有點修改，是祖父的口氣。

我心中這麼感覺。那時，姊姊說。

「可是，我已經不是當時那個喜歡什麼人、讓大家傷心、要爸媽善後、一直像在說謊的人了，我不會再那樣。雖然一直沒說，但我知道錯了。我現在已不後悔，已經能夠快樂地生活，我不要再有那種事。我知道我老是闖禍讓人擔心，可是現在再讓人傷心，除非我瘋了。」

媽媽沉默。爸爸無意義地點頭說「嗯」。姊姊的眼睛閃著晶光，說完那些話後立刻溫柔地看著我。

「妳也可以來玩，來留學也行哦！」

鼻頭上擠著皺紋笑嘻嘻的，我喜歡的表情。

姊姊、媽媽、不管怎麼稱呼，關係還是不變。那是我打從心底能分辨的少數事情之一。不是爺爺、奶奶、爸爸、媽媽的問題。我們是一家人。我這樣想絕對方便。感覺快樂、開朗。感覺那時天空的粉紅色微妙光暈籠罩了接受這個決定的家庭，我們依舊像太陽的日晷般時時刻刻地活動生存。

姊姊現在配合先生的工作住在加拿大。當時肚子裡的孩子是個男孩。每一年不是我和媽媽去玩，就是他們帶著孩子回來。我嫌小孩子煩，照顧起來很吃力，但滿快樂的。那孩子聲音可愛地叫我的名字。

我不後悔自己的決定。

春意尚淺的午後，雜著淡淡春花香味的寒風中，在媽媽終究沒有特別說明的情況下，我去拿護照。

新宿的副都心大樓聳入藍天。

我仰望它，想起那天的山景和那段沉默之長。

我想起就像潛入深深水底般從熱水裡嘩啦冒出來、完全沒事人似地唱著歌的姊姊那濕潤光亮的髮色。

買了做菜的材料回來，心想今天我來做飯吧！做爸爸愛吃的菜肉飯。還有，涼拌油菜、蛤蜊湯……，就這樣，像念咒似地嘀咕著日常瑣事、放任心思徬徨片刻的我再度回到自己的人生中。

隨緣

「欸，那個位子上的客人一直打開存摺哩！」去幫客人點飲料的女孩回來時悄聲說。

「哦？是嗎？」我說。

在那店裡有什麼怪事都不稀奇。

我靠經營餐館的爸爸關係，在附屬某大企業的會員制咖啡廳上班。是個賣場寬敞微暗，由某位年輕名建築師設計，再由名女室內設計師裝潢的完美日式空間但氣氛時髦的咖啡廳。擺設和器具都是古董，雖然不那麼古老而值錢，但每一件都不虛矯浮華，品味相當高。顧客也多半是有些年紀而講究口感的人，咖啡和茶都是上品精心沖泡，這點我尤其喜歡。

各式各樣的人來。談生意、不是洽公的會面、外遇情侶、因爲爸爸有錢而頤指氣使的小孩、舉步維艱的老人、讀書人、每天散步後必定來喝茶的老夫婦等，形形色色。

這裡不賣酒，食物也只有三明治和日式糕點，卻像賣酒的店家發生各種事情，永遠不缺話題。但因爲這裡發生的事情禁止外洩，我們這些身穿黑迷你裙白圍裙的女服務生，就只能彼此竊竊私語以發洩不滿。

「那上面排了好多個零呢！想不想看看！」

女孩說。

「等一下你端茶過去看看，很有意思哩！」

「唔，我去，看看會那樣做的是什麼樣的人。」

我回答。

裝好他點的煎茶，我把溫熱的茶碗放在小漆盤上，大老遠地走到那位子。

「對不起，讓您久等了！」

我把茶放在桌上時，立刻明白那女孩爲什麼那樣大驚小怪。

老先生穿著黑色大衣和起了許多毛球的喀什米爾毛衣，年紀約六十五歲，看起來氣質很好。但他故意把存摺挪到我面前要讓我看。那樣子簡直像暴露狂打開拉鍊露出自己褲襠裡面的東西。

我想，如果我們眞的去看，這個看似孤獨的老人可能以此爲藉口大發牢騷，引發冗長的麻煩。

事實上很多人用這種方式糾纏女服務生。他們想到這裡是會員制而付錢瞬間，人格就完全改變，總以爲在這裡可以爲所欲爲。

一群穿著高級服飾、全都拿著愛瑪仕皮包的女人，常常熱烈談著平常實在難以啓口的聳動話題，也有客人在最角落、玻璃圍住的座位裡把手伸進同行女人裙子下。我們總要假裝若無其事地進去看看幾次，好讓他住手。我很清楚，雖然在這個難得的美好事物圍繞的平靜空間裡，他們的內心絲毫不受影響。我雖然不會天眞到對這種事握拳壓抑憤怒的程度，但看到那笑嘻嘻地說在這裡喝茶好舒服的老夫婦、因爲兒子在這企業工作而成爲會員、總是打扮得樸實單獨來這裡津津有味地品嚐咖啡的中年太太時，確實感到幸福。

……總之，我拚命挪開視線不看那存摺。但是蹲下來要把第一杯茶倒進茶杯時，他把打開的存摺移到我眼前。我努力不讓茶水灑出來，只用眼角輕瞄。倒好茶、鬆一口氣抬起臉時，他突然把存摺伸到茶壺和我之間。心想，這簡直像漫畫嘛！我故意閉上眼睛，鞠個躬正要走時，他索性把打開的存摺啪地堵在我臉前。

我不覺噗哧一笑。他也哈哈地笑了。很可愛的笑容。我判斷他不是想惹麻煩訴苦，只是想看我的反應，於是說，

「既然那麼想給我看，我就看看吧！」

說著，盯著存摺，確實有數不盡的零。

「要讓別人知道你有這麼多錢的話，會被偷哦，請小心收好吧！」

我說，一笑而去。

你膽子眞大！回到工作崗位，同事這麼說我。

每週三天，媽媽想留在家裡做家事時，我就到爸爸的餐館端菜送飯。是在赤坂住商大樓裡的小店，只有老顧客上門，因此工作不那麼累。因爲沒有固定菜色，由爸爸看當天的情況適當處理便宜的食材，因此不接受預約。因爲這個關係，特別愛擺架子的人難得上門。似乎愛擺架子的人絕對要先預約。因爲討厭白跑一趟吧！爸爸的客人多半是普通人、有點逞強的年輕人、信步而來因爲人多又走的隨性的人，這點我很喜歡。

尊敬父親的工作，對人們來說是相當幸福的事吧！我以爸爸細膩周到的心意爲傲，他一視同仁地對那些爲上司占位子而提早上門卻閒得無聊的歐吉桑也端上一杯熱茶後，仍源源不斷送上飲料，但不過分搭訕干擾對方。

才剛三十歲的我大概總是店裡最年輕的，但因爲從小培養了對處理食物的嚴謹態度，因此對這些工作不以爲苦。反而學得更多，高高興興地做。

我是那種邋遢得衣服隨脫隨扔、用腳去搆電視遙控器的現代年輕人，但不會打開洋芋片袋子喝著罐裝啤酒消磨青春。一個人的時候，即使再麻煩也要做道小菜，盛重地裝在盤子裡，再把啤酒倒進玻璃杯裡慢慢享用。這對烹飪世界相知相愛的爸媽所生的我來說，是極其當然的事。甚至不覺得有什麼好。

吃到美味的食物也很高興。我雖然吃爸爸的菜長大，但經營一家小店的心態和爸爸不同。白天在會員制咖啡廳的收入都用在收購漂亮的碗盤器具和學煮咖啡上，我想，不久以後，比爸爸年紀還大的媽媽更老了，就讓媽媽在家裡休息，在爸爸拿不動菜刀以前，我每天到爸爸店裡幫忙，學習各種菜色。這是我不會改變的人生計畫。我雖然不能學做日本料理，但是可以做個小酒館的老闆娘。想在不久的將來開家供應簡單小菜和好酒的小店。能夠的話，最好和我的伴侶一起經營。

可是，因爲生活忙碌，我星期天總是埋頭大睡，就算有男朋友也沒時間朝夕相處，總是不知不覺地斷了。雖然和許多人交往過，但總是短暫的交際。

那天，我一進店時爸爸就說。

「你在店裡究竟做了什麼？」

「這裡嗎？今天才剛來呀！昨天不是和爸爸一起回去的？」

我說。

「不是這裡，是白天的店。」

「什麼也沒有啊！」

我一邊準備，同時想起那張「存摺老先生」的臉。

「你們老闆透過齋藤先生找妳呀！」爸爸說。

齋藤先生是爸爸店裡的老顧客，也是推薦我去咖啡廳上班的人。有股不祥的預感。那個存摺老先生會不會是從來沒到過店裡的老闆呢？

店裡很快就坐滿顧客，因爲忙，那話題也就斷了沒提。

第二天，咖啡店長囑咐我提早下班，換上便服到最角落的「密談座」去，果然，那老先生坐在那裡。質料很好的羽絨服下還是穿著舊喀什米爾毛衣。

端水過來的女同事臉上清清楚楚地寫著「好可憐，你惹惱了他，要被開除了，抱歉，都是我慫恿你去看的……」。我笑著點點頭表示「沒關係」的意思，說「我也要煎茶！」

她很愧疚地離去。

「不知道您是老闆，失禮了。」我說。

他把事業交給兒子後早早退休，因爲與創辦這大企業有關的夫人建議「最好有個封閉式沙龍般員工家族都能共享的安詳場所」而開這家店，場地在自家公司大樓裡，營利所得捐贈公司，設計費和裝潢費用都是自費。夫人對經營方式和裝潢也提供許多建議。

「不要緊，是以前沒來的我不對。」

仔細看後，老先生皮膚光滑，顯得很年輕。

「三年前老婆先走了，獨生子也已在外組織了家庭，只剩我一個人搬到小房子住。離這裡稍微遠了些。老婆臨死前很高興能成立這家店，每天來店裡是她的夢想。這裡面所有的東西都是我們家的，那個茶櫃，這些茶具。結果店還沒開張她就死了。那些器具在店裡漸漸毀損，雖然傷心，但反正死時也不能帶走。家裡的儲藏室裡還有許多各式各樣的，我想慢慢都拿來這裡用。」

他絮絮叨叨地。

「我是完全不懂什麼古董，只覺得這家店像親友家裡那樣悠閒，工作得很快樂。」

我說。心想隨便怎樣都無所謂啦！但仍輕鬆地顯示我的幹勁。

這麼有氣質的人爲什麼要給人家看存摺呢？人實在是很深奧的東西。

這時，同事端來煎茶，我頭一回以顧客的身分喝茶。眞是好茶。感覺輕觸嘴唇的茶杯更凸顯了茶的美味。

「不能來的話覺得好寂寞啊！」

「隨時歡迎光臨！」

雖然想著要被炒魷魚了，我還是帶著微笑。

「等一下和我約會好嗎？」老先生說。

不行！我想，再怎麼說他都比我爸媽老，存摺有再多的零也不行。

「不答應的話就開除我嗎？」

這話確實冒到喉嚨，就在衝出口的瞬間被我呑回去。我打消念頭。因爲這句話就算再正當，但話裡的下流和「約會的話給我多少錢？」完全相同。不該對一步步走過人生、伴侶先走一步的老先生說。就算他有炫耀存摺的不堪的一面。

我的身體時常有這種反應。總有什麼將已經成形冒到喉頭的話壓住，事後思索原因，就會知道爲什麼這樣。

我於是說：

「我等一下還有工作。要去我父親的店嗎？因爲沒有預約，很可能沒位子，但我可以幫您在櫃檯邊準備一張圓板凳，請您吃好吃的東西。」

老先生瞬間有些訝異。這也難怪，他大概認爲什麼樣的高級料亭都去過了，傻呼呼地跑去這來路不明的女服務生爸爸開的飯館還眞蠢得可以吧！

但是老先生還是跟我走了。

老先生姓新庄。他和我一起走進店裡時爸爸嚇一大跳，用「想勒死你」的表情瞥我一眼，但生意魂立刻讓他恢復正常。幸好店裡還沒客人，可以選個好位子慢慢喝酒。好東西也吃得差不多時，新庄先生非常高興地回去。在赤坂垃圾滿地的巷子裡扶他坐上計程車揮手作別時，我心裡想，啊，眞好，不但增加了爸爸的顧客，我也不會被炒魷魚了。

其實我那時還面臨一個有點麻煩的問題。

鄰居一個目標瞄準音樂大學而正在學長笛的小學男孩晚上常來找我，要我聽他吹長笛。

從他小學一、二年級起就偶爾這樣。我因爲喜歡長笛的音色，高興地提供家裡已長時間不用、小時候學鋼琴和媽媽現在還偶爾彈彈的鋼琴房。那房間是隔音的，他晚上在那裡，長笛聲音吹得多大都無妨。

他說他爸媽只從考試的觀點聽他吹，他也不喜歡老師，想在讀高中前出國留學。在鄰居的評語中，他幾乎是個天才，未來很有希望，即使不能成爲巡迴世界的演奏家，也有成爲職業長笛家的才華。

我討厭那樣標榜小學生的洋溢才華，只是偶爾想轉換心情，於是慎重其事地對他說爲了你的將來，請使用這房間，感覺有點說謊的味道。其實，只要他想吹的時候到我家吹，我是沒什麼異議。

那天晚上，我筋疲力盡地在僵硬的肩膀貼上濕布藥膏，窗外輕輕傳來信號的長笛聲。我披上外套拉開窗簾，那孩子，泰造，拿著發亮的長笛站在黑暗中。我打開落地窗讓他進來。

他的五官雖然纖細可愛，但是和巷子裡的時髦小學生相比，還是顯得粗野。但這也是讓人感受到他專心一意長笛人生的可愛之處。我常對泰造說，早點去留學，也學時髦點。若去維也納一帶的話，我去玩時可以順便觀光，看看歐洲的餐館。

「鋼琴房借我！」

泰造直率地說。

我也想聽當作睡前酒背景音樂的長笛，帶他進琴房。爸媽半夜兩點時一定要睡。之後，家裡就是醉醺醺的我的天下。雖然他們不會費神管我帶誰回家，可是每天忙碌的我帶回家的只是個小學生。

泰造畢竟也想睡了，音色混濁。但當我巴哩巴哩地吃完下酒的韓國海苔，醉得眞要去睡時，他卻專心吹出美妙清澈的笛聲。我想，他今後會有種種遭遇，笛聲也會有所改變吧！但是，他特有的「想為誰所愛」的感覺而不帶諂媚的笛聲特徵，這一生都不會改變吧！

「我要睡了，你想吹多久就吹多久！」

睡意到達限界的我說。

「沒有聽衆就沒意思了。」泰造說。

「那就明天吧！今天已經撐不住了。」

我溫柔地說完，走出房間。走向自己的房間。

泰造勉強地收好長笛跟著我。收長笛時他必定細膩地擦拭長笛，動作輕柔地用布摩擦。像爸爸觸摸柚子或芋頭的感覺。我喜歡看。

再見！我打開陽台的落地窗，泰造突然抱著我。最近我總預感會發生這件事。

「將來和我結婚！」

他說。

「說錯了吧！想說和我做愛是吧！雖然你那小雞雞還硬不起來，還沒長幾根毛哩！」

我說。他才十二歲。

「或許沒問題。」

他說著，把我推倒。

他是小學生哪！太像漫畫了吧！我想。

「再過十年我會考慮，現在太勉強了。」

我說著，像抱小孩般抱著他的頭。像乾草的舒服味道。

「知道了。」

他說。不高興的表情，但還是想摟我的頭，撫摸我的頭髮。這麼小卻已經是男人了！我這麼想著，我心一緊。他的褲襠前面硬挺挺地頭也不回地離去。我心想，可憐！帶他上床試著奮戰一番雖然簡單，但是太過沉重。我這個貼著濕布膏藥的肩膀實在無意承受他為以後環遊世界、變得時髦、喜歡各式各樣女孩而保存的大量精力。

從那以後，新庄先生幾乎每天都來。

而且，每天、每天都對我說，來我家玩玩，幫我做點什麼吃。女同事都事不關己地調侃我，「結了婚就能繼承遺產哦！」我說他要是活到九十歲怎麼辦時，她們就笑著說，那就到你家當傭人，一起生活一起玩，薪水也很多哩。

那天晚上非常非常冷。

而且因為前一晚惹爸爸大怒而心情黯淡。因為忙得團團轉，盛在碗裡的菜肉飯冷了，還糊裡糊塗地端出去，客人抱怨說「冷了」而不高興。我偶爾會犯這樣的大失誤。今早媽媽還跟我說妳太累了，今天媽媽去，妳休息吧！可是媽媽正在更年期，身體狀況不好，還是讓她在家休息。

我絕對不是吃醋，爸媽長相酷似，氣質也非常像。他們兩人在店裡時會產生一種我在時所沒有的和諧感。有著美麗的律動。即使兩人吵架了，也一無變化地流漾其間。看到那情形，我莫名地感到無處容身。每當我體會這一點時，就會萌生想要一個只有我的世界、只屬於我的伴侶的焦慮心情。

突然請假的那天晚上，下班前新庄先生來喝茶。

我一走出店裡的後門，他就等在那裡說，一起走吧！

我挽著他伸出的手臂，有種甚於父親或是爺爺的更懷念的感覺。

而且是非常強烈的感覺。對我來說，就像泰造終究不過是我渴望的成熟男人的替代般，追我而來的新庄先生的心情，完全無涉他對死去妻子那巨大且無以替代的愛情。

這在我想到爸爸若失去媽媽會怎麼樣時很容易想像得到。他只是想藉著融入我這年歲的年輕女人來散心解悶。

這麼一想，突然輕鬆起來。

新庄先生住的房子真的很小。

只有院子很大，房子簡直像儲藏小屋。房子旁邊真的有個儲藏室。新庄先生先帶我去看那儲藏室，雖然沒有什麼很有價值的東西，但是沒有灰塵味、霉舊味道的儲藏室裡，整齊收藏著各式各樣的東西。彷彿看見充滿愛心管理這一切的新庄夫人那溫柔的手和肩膀。

屋裡非常的寂寞。也不是髒，只是到處有種說不出的荒涼陰暗感覺。好像家中沒有氣一樣。

一隻貓徘徊。

「不知道爲什麼和這毛茸茸的生物一起生活，叫牠的名字會應你，我們彼此喜歡，很奇怪哩！」

新庄先生說時，我眞的感覺到這家中充滿快要爆炸的孤獨味道。明白是這無可奈何的寂寞，逼得他在自己開的咖啡廳裡打開存摺釣年輕女孩。

窗戶破了沒補，廚房倒著一個一升裝的日本酒空瓶。流理台上排著好幾個喝酒的杯子。沒人整理的院子裡，樹木枝葉太過茂盛覆蓋了窗玻璃，每次風吹就發出樹枝摩擦玻璃的可怕的寂寞聲音。簡直像聽到思念死去母鳥的白頭翁雛鳥悽聲叫著「媽媽回來囉！」的聲音般教人心痛。

我陪他喝酒，做了簡單的什錦麵。他吃得津津有味，又喝了酒。我邊做邊喝的已經醉了。

「只脫衣服給我看就好！」

被他纏個不休的我迷迷糊糊地脫掉衣服，而且一起睡了。和比我爸媽都老的老先生。既然到了這個地步，不管年紀如何都要那樣，總之，他也結結實實地辦完事。當我說今後不一定能這樣交往、我也要結婚時，他當作沒聽到，自顧說：「只今天一起睡就好。我這或許明天就死的身體，無意干擾你的將來。偶爾到你爸爸的店裡坐坐，或在我的店裡看到你，再一兩次這樣就行了。我無意暴露自己的老醜到不堪的地步。」

我想，他一定是眞心的吧！讓人感到他對死亡的渴望已超越活生生的慾望和隨心所欲支使他人的心情。新庄先生說，既不想沾惹年輕女人而骯髒地死去，也不想乾淨地死，無論如何，這種事就算是假的也高興。因此，不會傻到全心依賴這個。

回家時新庄先生幫我叫計程車，我還沒到家就下車。

下車瞬間北風吹過，我合攏外套前襟，男人的熱氣讓我的腳和脖子還暖呼呼的。

心想，我的人生是什麼呢？

此刻，爸媽還站在那充滿活氣的餐館裡吧！是我太喜歡自己的父親嗎？我雖然想從心理學的角度簡單做出解釋，但我知道有什麼不同。這個狀態我自己也有責任。一定有個我總是被認眞考慮結婚的同年齡男性甩掉的原因。喜歡行家？只是邋遢？不，不是……我邊想邊走。一定是什麼無可奈何的偏差。

經過新年時都會去參拜的神社，我閒逛進去。藏在樹後的牌坊再過去是長長的古老石梯。登上青苔滑亮的石梯，走到大殿。

大殿裡面漆黑一片，什麼也看不見。大殿的屋頂尖影像在風中顫抖。我投下香油錢，用冰涼的手去搖顏色鮮豔的搓繩，黑暗中響起大而清脆的鐘聲。我一應、二禮、二拍手、再一禮後祈禱。

「小孩和老爺爺都免了吧！請賜給我年齡相仿的伴侶，即使緣份路程還遠。」

一抬頭，看見樹枝的幽暗裡有許多晶晶亮亮的星星。

四周沒有明亮的東西，星光看起來更亮。

深入去想太麻煩，我不要再想了。就祈求神明、把今後的一切託付給祂吧！我將隨遇而安。我這麼想著，走下石梯急奔回家的路。

後記

從認識文藝春秋的平尾隆弘先生以來便一直討論、過度討論的這個企畫總算結集成書，眞是感慨無限。

森正明先生的親切鼓勵、平尾先生的積極投入……在這糖果與鞭子的操縱下終於完成這本書。我想，此時（二〇〇〇年四月現在）書中的幾個短篇，雖有瑕疵，但卻是我作品中寫得最好的部分。

感謝參與這本書的所有人。

很高興獲得向來憧憬的合田伸代小姐爲本書裝幀作畫。謝謝。也謝謝閱讀本書的各位讀者。我會再向前進。

吉本芭娜娜作品集 808

身體都知道

作　者—吉本芭娜娜
譯　者—陳寶蓮
主　編—葉美瑤
編　輯—黃嬿羽
校　對—陳嫺若、黃嬿羽、陳寶蓮
責任企畫—黎家齊
董事長
總經理—趙政岷
總編輯—余宜芳
出版者—時報文化出版企業股份有限公司
10803台北市和平西路三段二四〇號三樓
發行專線—（〇二）二三〇六—六八四二
讀者服務專線—〇八〇〇—二三一—七〇五・（〇二）二三〇四—七一〇三
讀者服務傳眞—（〇二）二三〇四—六八五八
郵撥—一九三四四七二四　時報文化出版公司
信箱—台北郵政七九～九九信箱
時報悅讀網—http://www.readingtimes.com.tw
電子郵件信箱—liter@readingtimes.com.tw
印　刷—勁達印刷有限公司
初版一刷—二〇〇二年三月三十一日
初版七刷—二〇一七年五月十九日
定　價—新台幣一六〇元
（缺頁或破損的書，請寄回更換）

時報文化出版公司成立於一九七五年，
並於一九九九年股票上櫃公開發行，於二〇〇八年脫離中時集團非屬旺中，
以「尊重智慧與創意的文化事業」爲信念。

ISBN 978-957-13-3590-8
Printed in Taiwan

國家圖書館出版品預行編目資料

身體都知道／吉本芭娜娜著；陳寶蓮譯．--
初版．-- 臺北市：時報文化，2002〔民91〕
面： 公分．--（藍小說；808）（吉本芭
娜娜作品集；808）

ISBN 978-957-13-3590-8（平裝）

861.57 91000548

請沿虛線摺下裝訂，謝謝！

廣告回郵
北區郵政管理局登 記證北台字1500號
免貼郵票

時報出版
CHINA TIMES PUBLISHING COMPANY
尊重智慧與創意的文化事業

地址：108台北市和平西路三段240號3樓
讀者服務專線：080-231-705・(02)2304-7103
讀者服務傳真：(02)2304-6858
郵撥：01038540 時報出版公司

請寄回這張服務卡（免貼郵票），您可以——
●隨時收到最新消息。
●參加專為您設計的各項回饋優惠活動。

寄回本卡，掌握藍小說系列的最新訊息

揮發感性筆觸；捕捉流行語調—湛藍的、海藍的、灰藍的……

藍小說

無限馳騁藍色想像空間——無國界的小說新地帶。

請沿虛線撕下後對折裝訂寄回，謝謝！

編號： AI 0808	**書名：身體都知道**
姓名：	**性別：** ______ 1.男 2.女
出生日期： 年 月 日	**身份證字號：**

______ **學歷：** 1.小學 2.國 中 3.高中 4.大專 5.研究所（含以上）

______ **職業：** 1.學生 2.公務（含軍警） 3.家管 4.服務 5.金融
6.製造 7.資訊 8.大眾傳播 9.自由業 10.農漁牧
11.退休 12.其他

地址： ______ 縣（市） ______ 鄉鎮區 ______ 村 ______ 里

______ 鄰 ______ 路（街） ______ 段 ______ 巷 ______ 弄 ______ 號 ______ 樓

郵遞區號 ______

（下列資料請以數字填在每題前之空格處）

______ **您從哪裡得知本書／**
1.書店 2.報紙廣告 3.報紙專欄 4.雜誌廣告 5.親友介紹
6.DM廣告傳單 7.其他 ______

______ **您希望我們爲您出版哪一類的作品／**
1.長篇小說 2.中、短篇小說 3.詩 4.戲劇 5.其他 ______

您對本書的意見／

______ 內　　容／1.滿意 2.尚可 3.應改進
______ 編　　輯／1.滿意 2.尚可 3.應改進
______ 封面設計／1.滿意 2.尚可 3.應改進
______ 校　　對／1.滿意 2.尚可 3.應改進
______ 翻　　譯／1.滿意 2.尚可 3.應改進
______ 定　　價／1.偏低 2.適中 3.偏高

您的建議／